KB111154

#라이프_스포일러

이란성의 미래

#라이프_스포일러

이란성의 미래

박희종 장편소설

〈 차례

프롤로그

"어차피 안 죽어요. 괜한 짓 하지 마요."

"그게 무슨 말이에요?"

"몰라요. 누가 그랬어요, 저한테."

"누가요?"

"우리 엄마의 그 잘나신 동자신이."

남자는 좀 지쳐 있었다. 그리고 그의 손에는 성경책이 한 권 들려 있다. 목사라는 직업, 목사인 아버지 밑에서 그 직업 말고는 아무것도 생각할 수 없었던 삶. 그에게 이 한 권의 무게가 저 눈에 보이는 교회 건물 꼭대기의 십자가보다 무겁게 느껴졌다.

[신약 성경 시험 안내]

문자를 보자 벼랑 끝에 한 손으로 매달린 자신의 손을 누군가가 발로 밟고 있는 기분이 들었다. 놓아야 하는 것은 추락하지 않도록 잡고 있는 벼랑 끝일까, 다른 손에 든 성경일까? 숙명이라고 생각하고 버틸 수 있었던 것은 딱 2년이었다. 신학대에 입학해서 나름 열심히 했던 2년. 그 시간도 내내 혼란스러웠지만, 그래도 그에게는 군대라는 피난처가 기다리고 있다고 생각했다. 군대에서의 시간은 집과 교회를 벗어나는 첫 여행이었고, 그 시간 동안 진정 원하는 것을 찾기 위해 소중하게 보내려고 했다. 하지만 그가 기대했던 군생활은 논산에서 끝이 나고 말았다. 훈련소에서 퇴소하자마자 일산에 있는 한 사단 교회에 배치되었다. 그는 아버지와 절친한 군목의 밑에 군종병으로 근무하게 된 것이다. 기다렸던 2년은 굴레의 연장이었고, 오히려 24시간 끊임없이 이어지는 기대와 압박이 그를 점점 더 숨 막히게 할 뿐이었다. 그는 휴가 때마다 아버지의 차를 타고 집으로 가야 했고, 복귀하는 날도 어김없이 아버지의 차를 타고 부대로 들어오곤 했다. 아버지에게 그는 성실하고 순종적인 아들이었지만, 그에게 아버지는 자신의 감옥을 지키는 간수처럼 느껴졌다.

남자는 이전까지와 크게 다르지 않았던 군대에서의 시간을 보내고 제대하던 날, 아버지에게 긴 여행을 다녀오겠다고 말했다. 이 여행을 위해 군대에서 받은 월급을 모두 모았다. 혼자 먼

곳으로 떠나 자유롭게 세상을 구경하고 싶었다. 자유가 너무 간절했다.

"내가 복학 신청 했다. 다음 주부터 바로 학교에 가야 해. 남은 2년 동안 열심히 해서 대학원에 합격하면 그때 해외선교를 갈 수 있는 곳을 알아봐 주마."

그에게 허락된 것은 대학을 다니는 2년, 대학원에 합격을 한다는 조건이 붙어있었다. 그런데 그마저도 선교. 그는 이 종교가 싫어진 것도 아니었고, 믿음이 없어진 것도 아니었다. 그저 자신도 모르게 끌려가는 자신의 운명이 그저 버거웠을 뿐. 그래서 어느새 모든 것에 거부감이 생기기 시작했다.

남자는 복학을 하고 딱 한 달 만에 그 어떤 수업에도 들어갈 수 없게 되었다. 학교 건물에서 만나는 수많은 십자가가 그에게 알레르기 반응을 만들어 낸 것이다. 그는 십자가 형상을 볼 때마다 식은땀이 흐르고 온몸이 간지러워졌다. 평소에는 정말 아무렇지 않다가도 학교에만 가면, 그리고 십자가만 보면 증상이 올라왔다. 너무 견디기 힘들어 유명하다는 피부과도 모두 찾아다녔지만 아무런 소용이 없었다.

신체적인 고통도 견딜 수 없을 만큼 힘들었지만, 심리적으로 다가온 고통은 그에게 더 이상 숨을 곳이 없다고 알려주는 것 같았다. 그래서 그는 결국 지금 이곳에 서 있다.

"어차피 안 죽어요. 괜한 짓 하지 마요."

남자가 죽음을 각오하고 이 다리 위에 섰을 때, 그의 마음을 훤히 보고 있는 것처럼 누군가가 말했다. 남자와 비슷한 또래로 보이는 여자는 무표정하게 강을 바라보며 그에게 말했다.

"뭐라고요?"

"지금 거기서 떨어져도 그쪽 안 죽는다고요. 아직은 아니래요."

"그게 무슨 말이에요?"

"누가 그랬어요, 저한테."

"누가요?"

"우리 엄마의 그 잘나신 동자신이."

여자의 엄마는 인천에서 가장 유명한 무당이었다. 그녀의 신기는 워낙 유명해서 보통 1년 정도 예약은 이미 다 차 있고, 돈 많고 유명한 사람들은 더 큰 돈으로 누구보다 먼저 그녀와의 시간을 얻으려 했다. 수완도 좋고 욕심도 많은 그녀는 어느새 인천에서 건물만 수십 채를 가진 갑부가 되었다.

그녀가 이렇게 돈을 많이 벌 수 있던 건 누가 뭐래도 동자신의 힘이었다. 그녀는 동자신을 참 극진히 모셨다. 그녀가 소유한 건물 중에 가장 높고 비싼 건물은 그 동자신을 위한 공간으로 꾸몄다. 상가는 모두 동자신이 좋아할 만한 점포들만 세를 주었다. 장난감 가게, 대형 편의점, 아이스크림 프랜차이즈에 심지어 사무실마저도 아동극을 기획하고 공연하는 극단에 임대해주었다. 말할 것도 없이 꼭대기 층은 커다란 신당으로 썼다. 겉에서 보기에는 별다를 것 없어 보이는 평범한 사무실이지만, 안에는 화려한 장식과 수많은 동상이 가득 차 있다. 그녀는 하루도 거르지 않고 매일 자신이 모시는 동자신에게 기도하며 신기를 유지하고 있었다.

그런 그녀가 불안해진 것은, 동자신이 자신의 딸에게 관심이 있다는 것을 느끼기 시작한 순간부터였다. 딸이 말을 하기 시작한 순간부터 남들과 다르다는 걸 알 수 있었다. 그녀는 매일 정성을 들여야만 겨우 소통할 수 있는 동자신이, 딸과는 소꿉친구와 놀듯 아주 쉽게 이어졌다. 처음엔 잘됐다는 생각도 했다. 자신의 신기가 떨어져도 딸과 함께 계속 이어가면 되니까. 하지만 그건 자신이 원하는 게 아니라는 걸 깨달았다. 미래를 보는 능력은 그녀 자신의 것이었다. 언젠가는 딸이 자신을 뒷방에 가두고 자신의 모든 힘과 재산을 독차지할 거라는 불안에 휩싸였다.

그녀는 딸에게 신당에 오지 말라고 으름장을 놓았다. 하지만 어느새 동자신과 딸 사이가 그렇게 깊어진 건지, 딸이 신당에 오지 않자 동자신도 신당에 오지 않았다. 그녀는 한동안 동자신 없이 손님을 받았지만, 곧 그녀 혼자선 손님들이 원하는 점을 봐줄 수 없다는 현실을 마주했다. 그녀에게는 무엇인가 방법이 필요했다. 딸 없이 동자신을 잡아놓을 방법.

그녀는 보육원을 돌아다니며 여자아이를 찾아다녔다. 그녀가 찾는 아이의 조건은 단 하나였다. 딸과 같은 기운을 지닌 아이. 딸의 분신을 만들어 신당에 잡아두면 해결되는 일이다. 한동안 치성을 드린다는 이유로 모든 예약을 받지 않고 전국의 보육원을 모두 돌아다닌 끝에 홍천의 오래된 보육원에서 겨우 자기가 찾던 아이를 발견했다. 그녀의 신당에는 꼬마무당의 방이 생겼다. 그리고 다시 사람들의 점을 봐주기 시작했다.

어머니에게 동자신을 뺏긴 딸, 여자는 멀리 떨어진 외할머니 손에 자랐다. 무속신앙과 전혀 상관없이 살아온 외할머니는 손녀가 딸과는 다르게 평범하게 살아가길 바라셨다. 하지만 동자신은 여자의 대역과 잘 놀다가도 한 번씩 갑자기 찾아와 말을 걸고 누군가의 미래를 주저리주저리 떠들어대곤 했다.

여자는 그런 일들이 있어도 대부분 그저 못 들은 척 넘어가곤 했다. 하지만 지금 저 다리에서 난간을 잡고 선 남자를 보고 있자니, 이번만큼은 그냥 넘어갈 수 없었다.

“잘된대요. 뛰어내리지 말고, 한 2년 숨어있다가 오면 다 잘될 거래요.”

“제가 뭐하는 사람인지는 알아요?”

“그럼요. 그쪽이 무겁게 들고 있는 책은 저도 보이는데요. 우리 둘 다 똑같잖아요? 어차피 눈에도 안 보이고 남들은 잘 믿지도 않는 존재에 우리 둘 다 목매달고 사는 사람이라는 거."

남자에게는 여자의 말이 마치 계시처럼 느껴졌다. 그가 믿는 분이 장난치듯 주시는 계시일지 모른다고. 그리고 남자는 결심했다. 이곳에 몸을 던지는 대신, 이 무거운 책을 놓겠다고. 그리고 뒤돌아보지 않고 도망치겠다고. 그는 바로 손에 있던 성경책을 놓았다. 그 순간 태어나서 처음으로 자유를 느꼈다.

"혹시 실례가 안 되면 저 좀 숨겨주실 수 있을까요?"

"뭐……, 저는 숨어 산 지가 오래돼서 상관없지만, 정말 괜찮으시겠어요?"

"예. 근데 제가 지금 가진 게 아무것도 없어서요. 우선 며칠만이라도 숨겨주시면 뭐든지 해서 갚을게요."

"아니요. 돈은 필요 없어요. 어차피 제가 쓸데없이 가진 게 많거든요. 우리 같이 숨어서 신나게 낭비나 할래요?"

남자와 여자는 그렇게 사랑하게 되었다. 기승전 없이 어쩌면 너무 뻔한 결. 그렇게 막무가내로 그들의 삶이 시작된 것이다. 그리고 그들의 삶은 지금까지의 억압을 보상이라도 받듯 너무나 행복하고 즐거운 시간으로 채워졌다. 자신들이 숨어있다는 사실도 잊은 채 서로의 삶에 누구보다 소중한 존재가 되어갔다.

그런 그들의 삶이 1년쯤 되었을 때, 여자는 자신에게 새로운 생명이 찾아왔음을 알게 되었다. 그리고 때마침 놀러온 동자신은 그 생명이 하나가 아니라고 알려주었다. 10개월 뒤 그들에게는 서로 다르게 생긴 두 아이가 같은 날 찾아왔고, 그 아이들의 탄생으로 그들의 행복은 정점을 찍었다.

하지만 이미 그들에게는 예정된 끝이 기다리고 있었다.

1. 왜 안 알려줬어?

늦은 오후, 겨우 잠에서 깬 지함은 오늘도 SNS에 먼저 들어간다. 자신을 향해 찬사를 보내는 사람들, 자신에게 미래를 묻는 수많은 DM들. 거기선 자신이 마치 신이라도 된 것 같은 기분이 들기 때문이다.

지함은 초등학교 5학년쯤부터 남들의 미래가 보였다. TV나 영화에 나오는 초능력자처럼 큰 사건이나 거창한 미래가 보이는 건 아니고, 유명한 점쟁이들처럼 모든 미래를 꿰뚫어 보는 것도 아니었다. 지함에게는 그저 친한 누군가의 가까운 미래가, 머릿속에 사진이 떠오르는 것처럼 자연스럽게 보였다. 백일장에서 상을 받는다거나, 크리스마스에 갖고 싶던 선물을 받게 된다거나, 좋아하는 아이에게 고백을 하면 사귀게 된다는 정도의 사소한 것이었다. 하지만 그 능력 덕분에 친구들 사이에서 인기가 많았다. 지함의 주위에는 항상 많은 친구가 모였다.

잘 정리하고 연구해보니 지함이 상대에 대해 알고 있어야 조금 더 뚜렷한 장면을 볼 수 있었다. 이름은 기본이고, 친해서 생일까지 기억하고 있는 친구일수록 구체적인 장면이 보였다. 한번은 친구와 이야기하다 그 친구가 태어난 시간을 들었는데, 그때까지는 느낌 정도였던 미래가 더 구체적인 장면으로 보이기 시작했다.

지함이 가장 주목받은 시기는 고등학교 때였다. 또래 친구들처럼 자연스럽게 SNS를 시작한 그는, 오랜만에 연락한 초등학교 동창들의 게시물에 장난삼아 댓글로 그들의 미래를 알려주었다. 친구들의 미래는 당연히 아주 잘 맞았다. 친구들은 지함의 댓글을 캡처해서 인증 글을 올렸고, 그 게시물이 여기저기 퍼지기 시작했다. 3개월도 안 돼서 지함은 2만 팔로워를 보유한 인플루언서가 되었다.

한참 허세가 가득한 시기였던 그는 마치 자랑하듯 자신에게 보내오는 DM에 답을 해주기 시작했고, 심지어 자신이 직접 게시글을 찾아다니며 댓글을 달아주기도 했다. 지함의 말이 실제로 맞아떨어지는 일들이 많아지자 SNS는 인증 글로 넘쳐나기 시작했다. 그는 어느새 자신의 팔로워들에게 예언자 같은 존재가 되어갔다.

하지만 그런 시기도 그렇게 오래가지 않았다. 지함의 능력에는 가장 치명적인 단점이 있었는데, 그건 볼 수 있는 미래가 상대방에게 일어날 좋은 일에만 국한되어 있다는 것이다. 그 사실도 처음에는 그를 천사라고 불리게 할 만큼 미화하기 좋은 요소였다. 하지만 시간이 지날수록 반쪽짜리인 그의 능력에 사람들은 불만을 가졌다.

가장 심각한 문제는 친한 친구들 사이에서 먼저 일어났다.

"왜 말 안 해줬어? 왜! 가면 안 되는 거라고! 나만 빠지면 되는 게 아니라! 다 같이 가면 안 된다고 왜 말을 안 해줬냐고!"

지함은 그날 아침, 그 친구의 미래가 느껴졌다. 그 친구에 대해 아주 자세히 알고 있어서 아주 구체적인 미래 장면이 떠오르곤 했는데, 그날이 그랬다.

"네가 그렇게 갖고 싶다던 한정판 신발 살 수 있을 거 같은데?"

"진짜야? 오예!"

친구가 간절하게 갖고 싶어 한 구하기 어려운 한정판 운동화가 있는데, 지함은 그 친구가 그 운동화를 사는 모습을 봤다. 지함의 전화를 받은 친구는 가족 여행을 떠나려는데, 친구는 중고거래에 올라온 한정판 신발을 발견하고는 사러 다녀오겠다고 졸랐다. 가족들은 더 늦게 출발하면 차가 막혀서 안 된다고 말렸지만 친구는 막무가내로 가족들에게 떼를 썼다. 이대로는 모두 늦을 것 같다고 생각한 친구의 아버지는 그 친구만 남겨놓은 채 급하게 출발했다.

친구가 그 운동화를 사며 행복해하는 동안, 나머지 가족들은 고속도로에서 큰 사고를 당하고 말았다. 그리고 아무도 살아남지 못했다.

“네가 알려줬으면 모두들 살아 있을 텐데. 아니, 차라리 전화를 하지 않았다면…….”

친구는 지함에게 왜 다 알고 있으면서 알려주지 않았냐고 물었다. 매일 지함을 찾아와 미친 듯이 울부짖었다. 하지만 지함은 매번 자신도 몰랐다는 말만 반복할 수밖에 없었다.

사건은 금세 아이들 사이에 퍼져나갔다. 말 만들기 좋아하는 아이들은 지함이 그 친구를 시샘해서 일부러 불행에 빠뜨렸다는 소문을 퍼뜨렸다. 소문은 순식간에 퍼져나가서 모두가 지함을 악마 같은 놈이라고 부르기 시작했다.

“자기 앞날도 모르는 주제에 어설프게 남의 미래나 주저리주저리 떠벌리는 새끼.”

또래에게 예언자 같은 대우를 받던 지함이었지만, 이 이야기가 퍼지자마자 자신이 아는 모든 사람의 경멸 어린 시선을 받았다. 지함은 졸업식에도 가지 않았다.

-囍-

현실이 어떻게 되든 SNS에서 지함의 팔로워는 계속 늘어가기만 했다. 하루에 수십 명씩 그에게 DM을 보내며 자신의 미래를 알려달라고 부탁했다. 지함은 그게 좋았다. SNS에서만큼은 아직도 자신이 특별한 존재로 인정받고 있다고 느꼈다.

성적에 맞춰 입학한 대학이 마침 신학과였을 뿐, 지함은 입학식에도 가지 않았다. 새벽에 자고 오후에 일어나 SNS 게시글을 예약했다. 그리곤 미래를 알려달라고 DM을 보낸 사람들에게 계좌를 알려주고 돈을 받았다. 돈을 다 써도 다음 날이면 또 돈이 들어왔고, 그날 받은 돈을 다 쓰지 못하고 집에 들어갈 때가 많았다.

"너 신학대학생이 아니라 완전 사이비 교주 아니냐?"

"그래서 뭐? 내가 사람들 협박해서 재산 바치라고 하냐? 난 사람들한테 좋은 일만 알려준다고. 내가 운이 엄청 좋아서 다른 사람들한테 나눠주는 거 같지 않아? 나랑 같이 있으면 좋은 일만 생겨."

어릴 때부터 사람들의 관심이 주는 달콤함을 알고 나니 성실하게 노력해서 일한다는 것 자체가 바보처럼 느껴졌다. 수많은 사람의 미래를 보다 보니 현재 성실하게 살든 그렇지 않든 미래의 상황은 별로 관련이 없다는 걸 깨달았기 때문이다.

지함은 자기 미래가 보이지는 않았지만 그래도 자기 능력만으로도 충분히 세상을 쉽게 살아갈 수 있다고 믿었다.

하지만 인생은 방심하는 사이 뒤통수를 치기 마련이다. 상상도 하지 못했던 사건으로 지함이 믿는 미래는 모두 무너져 버렸다.

2. 주의사항

[이 일로 인해 발생하는 그 어떤 일도 저한테는 책임이 없습니다. 동의하시면 미래를 말씀드릴게요. 참고로 미래를 미리 알게 되어 인생이 어떻게 달라지는지는 절대 알 수 없습니다. 원하는 것처럼 좋은 일만 일어나지는 않을 수도 있습니다. 그럼에도 불구하고 미래가 궁금하시다면, 입금부터 부탁드립니다.]

[입금했습니다. 말해주세요.]

[숫자가 막 커지는데, 크기가 아니라 자릿수가 늘어나요. 빨간색도 보여요.]

[예.]

의뢰인은 정말 불필요한 말은 한마디도 하지 않았다. 지함은 그런 그의 태도가 내심 좋기도 하고, 무섭기도 했다. 대답마저도 간결하게 하는 그를 보고 안심했다. 자기 말을 그다지 신뢰하지 않는 사람처럼 보였기 때문이다. 용하다고 하니까 재미 삼아 DM을 보낸 거겠지 하고 단순하게 생각했다.

그 의뢰인은 사실 지함의 말을 전적으로 믿었다. 지함의 말만 믿고 눈여겨보던 코인에 전 재산을 올인했다. 지함의 말을 듣는 순간 머릿속에 그 코인이 떠올랐고, 마침 차트가 조금씩 꿈틀거리고 있었기 때문에 고민할 새도 없었다. 계좌 예치금 전액을 투자하자마자 코인 시세가 급등했다. 흥분한 그는 주식도 팔아치우고 코인을 사려고 했다. 하지만 주식은 이틀 뒤에나 현금이 된다는 걸 매도한 뒤에야 깨달았다. 마이너스 통장이라도 만들어서 돈을 넣으려다, 마치 홀린 것처럼 조직의 자금에 눈이 돌아갔다.

지함이 그의 미래에서 본 것은 그가 갖고 있던 주식이었다. 의뢰인은 투자한 코인이 하루 만에 -97퍼센트의 손실을 내고, 코인을 만든 대표가 엄청난 돈을 챙겨 도주했다는 뉴스를 봤다. 자신이 팔았던 주식은 매도한 다음날부터 인수합병 뉴스로 나흘 연속 상한가를 쳐서 280퍼센트가 올라갔다.

[잘 숨어라. 곧 잡을 테니.]

[제가 결과는 책임지지 않는다고 분명히 말씀드렸잖아요.]

[그럼. 책임은 내가 질 거야. 너 죽이고 내가 감옥 가는 걸로.

그러니까 넌 그냥 기다리고 있어. 내가 책임진다니까?]

지함은 DM을 확인하는 순간 온몸에 소름이 돋았다. SNS상에서 자신을 찾는 건 불가능하지만, 모르는 사람이 죽이겠다고 협박하는 게 너무 무서웠다. 우선 PC방을 나와서 집으로 향했다. 혹시 누군가 자신이 사는 동네를 추측할 힌트가 있는지 계정을 살펴봤다.

'……오려고 맘먹으면 유치원생도 찾아오겠네.'

동네 풍경이든 자주 가는 식당이나 술집이든 생활은 이미 너무 많이 공개되어 있었다. 아니, 자기 스스로 공개를 했다. 그래도 사는 동네나 집까지 찾아오려면 꽤 오래 사진과 글을 봐야 했을 것이다. 스토커가 아니고서야…….

그때 갑자기 모르는 번호로 문자가 왔다.

[기다리라니까 왜 도망가?]

지함은 무서워서 소리를 지를 뻔했다. 근처 버스 정류장에 가서 바로 도착한 버스에 무작정 올라탔다. 자리에 앉아 SNS 계정부터 지웠다.

지금은 정신을 똑바로 차려야 한다. 그가 메시지로 이렇게 자신을 압박하는 건 아직 그가 이 근처에 오지 못했다는 뜻이기도 했다.

잠시 후 다시 메시지가 도착했다.

[어딜 그렇게 급하게 가? 버스 탔네? 형 얼마 안 남았다.]

머리가 아찔해졌다. 주변에서 지켜보고 있기라도 한 건가? 하지만 이 버스를 미리 타려고 했던 것도 아니고, 나와 같이 탄 사람도 없다. 그렇다면 주변에서 지켜본 게 아니라 휴대폰을 해킹한 거다.

지함은 자신을 쫓는 사람이 단순한 스토커가 아니라 진짜 범죄자인 걸 깨달았다. 이제부터는 장난이 아니다. 진짜 목숨을 노릴지도 모른다.

지함은 도와줄 수 있는 사람들의 연락처를 메모하려 했다. 주머니에 펜은 있었지만 종이가 없어 급한 대로 안에 받쳐 입은 흰 티셔츠에 적었다.

휴대폰을 버스의자 쿠션 사이에 밀어 넣고, 다음 정거장에 도착하자마자 바로 뛰어내렸다. 그리고 눈에 보이는 가장 가까운 현금인출기로 가서, 통장에 남은 돈을 모두 뽑았다. 이미 휴대폰 해킹이 의심되는 시점에서 어디선가 돈을 자꾸 뽑는 것도 모두 흔적이 될 수 있을 것 같았다.

돈을 뽑자마자 다시 무단횡단을 해서 반대편에 도착한 버스를 겨우 잡아탔다.

'어디로 가야 하지? 이 버스는 어디로 가지?'

노선도를 보던 지함에게 친구 하나가 떠올랐다. 지함은 친구가 일하는 휴대폰 매장으로 향했다.

3. 내일이 없는 아이

대호는 지함과 어릴 적부터 친했던 친구다. 지함의 모든 상황을 다 알기도 하고, 지함에게 단 한 번도 미래를 물어본 적 없는 유일한 친구이기도 했다. 물론 대호가 물어보지 않아도 지함이 먼저 그에게 느껴지는 좋은 일들을 말해줄 수도 있었지만, 지함은 한 번도 대호의 미래를 느낀 적이 없었다. 그래서 어쩌면 이 둘의 관계가 평범한 친구 사이로 유지될 수 있었는지도 모른다.

"나 폰 하나만 개통해줘. 바로 되는 거 있지?"

"여기가 무슨 편의점이냐? 밤에 와서 바로 개통되는 폰이 어디 있어? 어디서 술 먹고 폰 고장 냈냐?"

대호는 갑자기 찾아와서 전화를 개통해달라는 지함의 말을 심각하게 받아들이지 않았다. 하지만 지함은 구체적인 설명보다는 주머니에서 돈뭉치를 꺼내놓았다. 그리고 다시 한번 대호에게 말했다.

"농담할 상황이 아니야. 아무거나 좀 달라고. 나 급해!"

지함의 표정에 뭔가 심각함을 느낀 대호는 바로 자신의 폰을 지함에게 건넸다.

"우선 이거 써. 난 가게 폰 있으니까."

"고맙다."

지함이 다급한 상황에서 대호를 떠올린 건 대호가 휴대폰 매장에서 일해서가 아니라, 대호라면 도와줄 것 같다는 느낌 때문이었다. 대호는 기대를 저버리지 않았다. 지함은 대호가 내민 휴대폰을 고민하지 않고 바로 받았다.

그리고 나가려는 순간, 처음으로 지함은 대호의 미래를 느꼈다. 대호를 알고 지낸 그 긴 시간 동안 처음이었다. 지함 자신이 들고 있는 대호의 휴대폰으로 좋은 소식이 온다. 지함은 순간 고민했다. 이대로 휴대폰을 들고 가면 대호에게 처음으로 느껴진 그 좋은 일이 사라질 것 같았다. 여기서 지체하다가 붙잡힐지도 모르지만, 대호에게 말해줘야겠다고 생각했다.

"너 내가 하는 말 믿어?"

"뭐? 무슨 말? 너 아직도 사람들 미래 보여? 너 뭐 봤어? 나를 본 거야?"

"어, 그게……."

그 순간 대호의 표정도 변했다.

"야! 가자. 나 지금 여기 관뒀어."

"뭐?"

대호는 오늘따라 사장놈이 자기에게 매장을 맡기고 나머지 직원들하고만 회식을 간 건 어쩌면 필연이라고 생각했다. 그는 바로 포스기에 있는 현금과 진열대 아래 최신형 휴대폰들을 자기 가방에 담았다. 그리고 사장의 책상 서랍 안에 허름해 보이는 전화기 몇 대를 더 챙겼다.

"야! 너 이거 써!"

대호는 사장의 서랍에서 꺼낸 휴대폰 중에 하나를 지함에게 던져줬다. 옛날 폴더폰이었다.

"그거 대포폰이야. 안전해. 가자."

"이렇게 막 들고 가도 돼?"

"괜찮아. 어차피 이 새끼들 신고 못 해. 구린 게 엄청 많거든."

"그래도 너 찾아다닐 텐데……."

"나 여기 뜰 건데 뭐가 문제냐? 내가 이 동네에 무슨 미련이 있다고. 여기 뜨면 지들이 무슨 수로 날 찾아? 가자!"

대호는 지함과는 다른 방면으로 촉이 아주 좋았다. 고등학교를 졸업하고 생각보다 금방 취직을 하게 된 이 휴대폰 대리점은 처음부터 조건이 아주 좋았다. 아무런 경력도 경험도 없는 대호에게 웬만한 중견기업보다도 더 많은 월급을 준다고 했기 때문이다. 하지만 그런 좋은 조건임에도 불구하고 지함이 자신에게 아무 말도 해주지 않은 것을 보고, 이곳에 뭔가 문제가 있을 것이라고 예상했다. 아니나 다를까, 겉으로는 근사해 보였던 휴대폰 대리점은 온갖 불법적인 영업을 자행하던 곳으로, 처음에 제시한 조건도 결국 자신이 그 수많은 더러운 일의 뒤처리를 도맡아 한다는 조건이 있었다.

지함과 대호의 도주는 그렇게 시작됐다. 어디로 가야 하는지도, 누구를 피해 도망가는지도 몰랐지만 왜 가야 하는지는 명확했다. 지함은 자신의 능력 때문에 미쳐버린 범죄자를 피하기 위해서였고, 대호는 더 오래 일하면 범죄에 연루되고 말 암담하기만 한 현실에서 벗어나기 위한 도망이었다. 그들은 방향도 모른 채 우선 뛰기 시작했다. 하지만 정작 갈 곳이 없다는 것을 깨닫고, 둘은 한참을 뛰어가다 누가 먼저랄 것도 없이 그 자리에 멈춰 숨을 몰아쉬었다.

그때 대호의 휴대폰이 울렸다. 순간, 서로 말하지는 않았지만 이 전화가 대호의 좋은 일이라는 걸 알 수 있었다.

"여보세요?"

"대호야! 찾았다! 돈 가지고 온나!"

대호는 전화를 끊자마자 뛰기 시작했다. 어디로 가야 할지 모르는 지함도 그냥 대호를 따라 뛰었다. 그렇게 10분 넘게 뛰어서 동네의 한 바이크샵에 도착했다. 대호가 상기된 얼굴로 들어가니, 안에는 꽤 그럴싸한 스쿠터 한 대가 서 있었다.

"너 알았냐?"

"뭘?"

"나한테 생길 좋은 일."

"이건 줄은 몰랐지. 이런 건 줄 알았으면 아까 그냥 네 휴대폰 들고 나왔을 텐데."

"난 알았는데. 네가 주춤거리는 순간 바로 이건 줄 알았어. 네가 제일 잘 알잖아. 나한테 단 한 번도 좋은 일이 생기지 않았다는 거. 그래서 난 미래에 대한 기대가 없지. 근데 나한테 만약 좋은 일이 생긴다면 이것밖에 없다고 생각했어. 내가 정말 갖고 싶었던 거거든."

"이게 그거야?"

"맞아. 형이 나 사준다고 했던 거. 여기 사장님이 우리 형 친구거든. 내가 취직하고 나서 첫 월급 들고 와서 이거 사고 싶다고 했더니, 사장님이 여기저기 수소문해서 겨우 찾았대. 찾는 데 몇 개월이나 걸렸어. 상태가 썩 좋지는 않아도 사장님이 지금 당장 타는 데는 지장이 없을 거래!"

유난히 가족들과 사이가 안 좋았던 대호가 유일하게 의지하며 살았던 사람은 형이었다. 형은 모든 면에서 대호의 우상이자 선생님이었다. 항상 형을 따라 하는 게 좋았던 대호는 가끔 형이 타던 바이크를 훔쳐 타곤 했는데, 결국 형에게 들켰다. 그때 형은 처음으로 대호에게 화를 냈다고 한다.

하지만 곧 자신이 그랬던 것처럼 대호를 말릴 수 없다는 사실을 알게 된 그의 형은 밤에 배달 아르바이트를 하기 시작했다. 대호에게 스쿠터를 하나 사주기 위해. 형제가 함께 달릴 멋진 드라이브를 상상하며 즐겁게 시작한 아르바이트였지만, 형은 얼마 가지 않아 오토바이 사고로 목숨을 잃었다. 원래도 말이 없고 무뚝뚝했던 대호는 그 뒤로 더 말이 없어졌다.

그렇게 살아온 대호의 앞에 형이 사주려고 했던 스쿠터가 왔다. 대호는 처음으로 웃으며 시동을 걸고 지함에게 타라고 말했다.

"사장님, 아니 형. 진짜 고마워요."

"몰라, 임마. 난 나중에 네 형 만나면 엄청 혼나는 거 아닌가 모르겠다."

"아닐 거예요. 그리고 저 이제 여기 안 와요. 그러니까 건강하세요."

"이상한 소리 말고 안전하게 타!"

그렇게 지함과 대호는 스쿠터를 타고 출발했다. 어디로 갈지 정하지는 않았지만, 되도록 사람 많은 곳으로 가기로 했다. 그래야 누군가 가깝게 추격해와도 몸을 숨기기 쉬울 테니까.

그렇게 그 둘은 종로의 한 골목까지 달렸다.

4. 과거에 사로잡힌 사람들

그들을 멈춘 건 식욕을 자극하는 길거리 음식이었다. 스쿠터를 타고 번화가 골목을 이리저리 다니다 보니 곳곳에서 보이는 노점 음식들이 배고픔을 깨닫게 해주었다. 종로 지나 인사동으로 들어가는 골목길에서 도저히 참을 수 없는 냄새와 마주하고 말았다. 허름한 노포에서 진하게 풍기는 찌개 냄새에 그들은 스쿠터를 멈출 수밖에 없었다. 이미 10시가 넘어 식당은 마감 분위기였지만, 안에는 손님이 두 테이블에서 식사를 하고 있어서 안으로 들어갔다.

"혹시 식사 되나요?"

"그럼요."

인상 좋아 보이는 주인할머니가 반갑게 맞아주었다. 벽에 걸린 메뉴판엔 된장찌개와 김치찌개만 덩그러니 써있는데, 지함이 대호에게 물어보지도 않고 주문을 했다.

"저희 김치찌개 2인분 주세요."

"학생들 배 많이 고파요?"

"예……."

처음에는 왜 그런 질문을 했는지 궁금했지만, 잠시 후 그들 앞에 놓인 밥상을 보고 알 수 있었다. 밥도 반찬 그릇도 모두 고봉으로 담겨 나왔다. 김치찌개는 절대 2인분이라고 볼 수 없는 양이 나왔다. 음식 양에 기겁하기에는 너무 배가 고픈 그들은 허겁지겁 먹기 시작했다.

"우리 사장님 또 버릇 도졌다. 이러다 이 동네 젊은 친구들 다 매일 출근한다고요."

"그럼 어때? 나야 좋지. 이렇게 젊고 훤칠한 청년들 매일 보고."

"또 이렇게 손님을 차별한다니까?"

"차별하면 뭐 어때? 어차피 내 가겐데? 꼬우면 오지 마!"

"뭘 또 그렇게까지 얘길 해요, 섭섭하게. 그러지 말고 우리도 계란후라이나 몇 개 해줘요."

"후라이는 얼어죽을."

주인할머니는 옆에 앉은 술손님들과 투닥거리더니 그대로 또 주방으로 들어갔다. 지함과 대호는 주인할머니와 손님이 투닥거리거나 말거나 신경도 쓰이지 않을 만큼 허기져서, 오로지 먹는 데만 집중하고 있었다. 그 사이에 주인할머니는 쟁반 가득 계란후라이를 부쳐 들고 나왔다. 구석에 있는 손님들부터 1인당 하나씩 계란후라이를 나눠준 주인할머니는 10개도 넘어 보이는 남은 후라이를 모두 지함과 대호의 식탁에 놓았다.

"많이들 먹어요. 부족한 거 있으면 더 말하고."

어느 정도 허기가 가신 둘은 그제서야 음식이 다른 테이블과는 다르게 엄청 많다는 걸 알았다. 그들은 감사한 마음으로 나머지 식사를 맛있게 했다. 양이 꽤 많아서 한참 잘 먹을 시기의 그들에게도 쉽지 않았지만, 둘은 왠지 작은 김치 조각 하나도 남기고 싶지 않았다. 어릴 적부터 온전하지 않았던 지함의 가족에 대한 결핍과, 항상 사이가 안 좋고 정이 부족했던 대호의 결핍이 통하는 지점이기도 했다. 그들은 정말 마지막 남은 김치 조각 하나까지 남김없이 먹고 나서야 겨우 숟가락을 놓았다.

"아이고, 먹는 것도 예쁘네. 뭐 더 줄까?"

"아니요. 이제 정말 배불러요. 잘 먹었습니다. 감사합니다."

"진짜 맛있게 먹었어요."

"잘 먹었으면 다행이고."

"저희 계산할게요."

"아냐. 오늘은 그냥 가. 내가 오늘 재료가 많이 남아서 그냥 준 거야. 그냥 가도 돼요."

"어허! 사장님 또 그러신다. 꼭 저맘때 젊은이들만 보면 저러시네?"

"다 먹었으면 집에 좀 들어가! 멀쩡한 부인이랑 자식새끼들 두고 왜 여기서 밥을 처먹어!"

"아니요. 그래도 저희가……."

"진짜 괜찮아. 내가 그러고 싶어서 그러는 거니까. 앞으로도 배고프면 자주 와요."

지함과 대호는 당황스러웠지만 기분은 좋았다. 마치 진짜 할머니 댁에라도 온 것 같은 기분이 들었기 때문이다. 하지만 그런 생각이 들수록 지함의 머릿속은 복잡해졌다. 얼마의 밥값보다도, 그저 자신들에게 따뜻한 마음을 주신 할머니께 무엇이라도 해드리고 싶었다. 예전 같으면 아무런 고민도 없이 능력을 이용해서 할머니에게 반가운 소식이라도 미리 알렸겠지만, 지함은 이제 겁이 났다. 친구에게 안 좋은 일이 생긴 것도, 지금 쫓기는 것도 모두 자신의 오지랖 때문이라는 걸 알고 있기 때문이다. 결국 지함은 아무런 말도 하지 않고 식당을 나오려고 했다. 그때 주인할머니가 두 사람을 다시 불러세웠다.

"총각들, 잠깐만. 가면서 입가심으로 먹어. 여기 단골손님이 사다준 건데 철은 아니어도 달아."

주인할머니는 지함과 대호의 손에 귤 두 알씩을 쥐여줬다. 지함은 그 자리에서 손에 쥔 귤을 가만히 내려다봤다. 할머니가 주신 귤을 보고 있자니, 지함은 뭔가 마음이 뜨거워졌다. 나가려다 돌아선 지함에게 마침 벽에 액자로 걸린 식당의 영업신고증이 보였고, 거기엔 할머니의 이름과 생년월일이 있었다.

"저 할머니, 몇 시에 태어나셨어요?"

"응? 갑자기 무슨 말이야? 어, 저녁 6시니까 유(酉)시지. 근데 총각이 사주도 볼 줄 알아?"

주인할머니의 대답을 듣는 순간, 지함의 머릿속에 보이는 게 있었다. 주인할머니의 미래는 구체적이고 선명했다.

"할머니, 아드님 찾을 수 있어요. 멀지 않은 곳에 있거든요. 아드님도 할머니가 많이 보고 싶은가 봐요. 여기저기 수소문을 하고 다니는데, 할머니께서 저희에게 하신 것처럼 그동안 베풀어주신 정이 아드님께 길이 되고 있는 것 같아요. 아드님이 물어물어 오시는 길에, 할머니 밥 얻어먹은 분들이 이리로 안내해주고 있어요. 조금만 더 기다리세요. 분명히 아드님이 찾아올 거예요."

지함은 다행이라고 생각했다. 머릿속에 떠오르는 미래가 있어서. 아니, 자세히는 몰라도 본능적으로 주인할머니가 정말 간절히 기다리던 것을 말해준 것 같아서. 그래서 도움을 드린 것 같다는 생각에 안심이 되었다.

주인할머니는 그 자리에 주저앉고 말았다. 그리곤 한참을 그 자리에서 펑펑 울었다. 사연이 무엇인지, 어떻게 아들과 헤어졌는지 누구도 알지 못했지만 그 마음만은 모두 느낄 수 있었다. 그동안 얼마나 힘들었는지.

알 수 없는 미래가 주는 공포가 때로는 공기 속에 가시가 박혀 있는 것처럼 숨을 쉴 때마다 아프고 쓰리게 느껴질 때가 있다. 그리고 대부분의 이런 종류의 공포는 시간이 지난다고 잊히는 것이 아니라, 더 무섭고 끔찍해서 차라리 이대로 그냥 시간이 멈춰버렸으면 좋겠다는 생각을 하게 만들기도 한다. 그녀의 시간이 그랬다. 아들을 기다리는 시간은 단 한순간도 익숙해지지 않았고, 일분일초가 더 깊이 파고들어 그녀를 아프게 했다. 그런 그녀에게 지함이 희망을 준 것이다.

지함은 겁나지 않았다. 지금 어떤 변수가 생겨서 삶이 달라진다고 해도 아들을 볼 수 있다면 모두 견딜 수 있다는 마음이 느껴졌기 때문이다. 미래를 아는 것이 과연 좋은 일일까? 그동안 지함의 머릿속을 복잡하게 만들었던 고민이 조금은 잊히는 듯했다. 머리가 백발이 된 주인할머니가 어린아이처럼 주저앉아 우는 모습을 보자, 지함의 마음도 조금씩 움직였다.

지함과 대호에게는 당장 오늘 밤을 보내야 할 잠자리 걱정이 남아 있었지만, 목놓아 울고 있는 주인할머니 앞에서 그런 걱정 따위는 너무 사치스러운 것처럼 느껴졌다. 그녀는 정말 온몸에 있는 모든 수분이 다 빠져나갔을 것 같은 순간이 돼서야 겨우 눈물을 그쳤다. 두 사람은 주인할머니를 자리에 앉혀드리고 근처에 잘 만한 곳이 있는지 물어봤다.

"큰길을 따라서 쭉 가다 보면 큰 전통찻집이 보일 거야. 그걸 끼고 왼쪽으로 돌면 아주 좁고 낮은 골목이 있어요. 그 골목을 따라서 한 5분을 걸어가면 길 끝에 갈색 벽돌로 지은 다세대 주택이 나오는데, 그 집이 우리 집이야. 이 열쇠가 대문 열쇠고, 이 열쇠가 옥탑방 열쇠예요. 한 10년 비워둬서 빈집 티가 날지도 모르는데, 그래도 내가 한 달에 한 번 정도는 청소를 해서 당장 쓰는 데는 문제가 없을 거야. 우선 며칠이라도 거기를 써요."

"우와, 감사합니다!"

"아이구 사장님, 혹시 아들 안 오면 따지시려고 이 청년들 잡아두는 거예요?"

"그냥 하는 헛소리든, 나한테서 뭘 얻어내려는 사기꾼이든, 그동안 나한테 아들 만날 수 있다고 확실하게 말해준 사람은 이 청년이 처음이야. 그거면 돼. 그거면 난 그 방을 떼서 싸들고 도망간다고 해도 하나도 안 아까워. 조금만 더 기다리라고 했지? 며칠이면 어떻고 몇 년이면 어때? 지금껏 수십 년도 기다렸는데."

"아이고, 총각들 땡잡았네."

지함과 대호는 열쇠 두 개를 받고 얼떨떨한 상태로 식당을 나왔다. 도망가다가 배가 고파서 들어간 식당에서 이런 대접을 받으리라고는 꿈에도 생각 못 했기 때문이다. 하지만 찬밥 더운밥 가릴 때가 아니었다. 그들은 주인할머니가 알려준 곳으로 갔다.

囍

"넌 네 미래는 안 보여?"

"알면서 뭘 물어?"

"이건 어쩌면 나한테도 좋은 일인데? 내 미래로도 안 느껴졌어?"

"그렇네? 저 사장님이 나한테 해준 거라 그런가?"

"오래 알고 있지만 아직도 매번 신기하다, 진짜."

"나도 20년째 이렇게 살고 있지만, 매번 신기하다, 진짜."

"뭐가?"

"이게 정말 나에게만 느껴지는 건지 말이야. 내가 다른 사람으로 살아본 건 아니니까. 가끔은 나만 느껴진다는 미래가 실은 모두가 다 알고 있는데, 나한테만 장난치려고 모른 척하는 건 아닌가 생각이 들 때도 있었거든."

"모두 다 미래를 볼 수 있다면……."

"왜?"

"과연 좋을까?"

"글쎄?"

“나는 네 덕에 아주 확실한 게 생겼잖아. 좋은 일은 나한테 일어나지 않는다는 거. 너는 나한테 미래를 말해주지 않는 방법으로 미래를 알려주고 있었어.”

“그렇네. 근데…… 그래서 싫어?”

“좋진 않지. 그냥 마치 다 긁은 즉석복권을 들고 있는 느낌이랄까?”

“그래도 내가 다 맞는 건 아닐 거야. 내가 모든 사람의 미래를 볼 수 있는 것도 아니니까.”

“나도 그렇게 생각했지. 지금까지는 그런데 그 경우의 수마저도 네가 다시 없앴잖아. 내 미래가 보였고, 또 정확하게 맞았고, 무엇보다 정말 그 일 말고는 나에게 좋은 일이라고는 없을 거라는 걸 누구보다 내가 제일 잘 알고 있으니까.”

“미안하다. 본의 아니게…….”

“미안하라고 하는 말이 아니라, 정말 모든 사람이 미래를 알 수 있는 세상이 과연 행복할까 하는 생각이 들어서.”

“그건 분명해. 아닐 거야.”

“왜?”

“내가 지금까지 수많은 미래를 말해주며 살았지만, 아무리 좋은 미래라도 미리 아는 것은 갑자기 찾아오는 기쁨보다 큰 거 같지는 않더라고. 서프라이즈 선물이 더 감동인 거랑 비슷한 느낌?”

"그럼 왜 봐주는 거야?"

"실수였지. 허세였고. 내가 뭐라도 된 것마냥 거들먹거리는 게 좋았고, 나는 다르다는 우월감도 좋아서."

"그래도 아까 할머니는 정말 고마워했잖아. 네 덕에 정말 위로받으신 것 같았어."

"그러니까. 처음이야, 내가 누군가에게 미래를 얘기해주는 것이 진짜 도움이 됐다고 느낀 건."

"처음은 아니야. 나도 네가 말해준 덕분에 저 스쿠터를 좀 더 일찍 만날 수 있었으니까."

지함은 누군가의 미래를 봐주면서 자신이 느꼈던 감정을 처음으로 털어놓았다. 그들의 대화는 각자의 마음속에서 여운을 남겼다.

5. 미래를 읽는 책

늦은 시간이었지만, 인사동 길은 서울의 대표적인 관광지여서 그런지 꽤 많은 사람이 지나다니고 있었다. 조금 가다보니 사람들 사이로 주인할머니가 말한 전통찻집이 나왔고, 찻집을 끼고 왼쪽으로 돌아보니 좁은 낮은 골목길이 나왔다. 양옆으로 키 낮은 담장과 대문들이 이어져 있고, 그 좁은 골목에도 가정집을 개조해서 영업하는 작은 찻집과 한식집이 많았다. 시간이 늦어서 간판들은 모두 불이 꺼져 있었다. 지나가는 한옥집 앞에 작은 현수막 하나가 걸려 있는데, 글은 한자로만 적혀 있었다.

"야, 잠깐."

"왜? 이거 무슨 글자인데?"

"나도 모르겠는데, '토정 이지함 뭐뭐뭐'라고 적혀 있어. 내 이름이야."

지함은 분명히 지금과는 다른 느낌을 받았다. 아까 미래를 볼 때의 느낌과 비슷했다. 아까 식당에서 그랬던 것처럼 온몸의 세포까지 바싹 긴장되어 예민해지기 시작했다. 다가가면 갈수록 더 강하게 느껴졌다.

"뭔가 이상한데…… 뭔지는 잘 모르겠어."

"가보자, 그럼. 어차피 지금 우리 상태에서 더 나빠질 게 있기나 하겠냐?"

지함은 대호에게 말없이 고개를 끄덕였다. 한옥 대문은 열려 있었다. 둘은 잠시 서서 심호흡을 했다. 눈빛을 주고받은 둘은 대문 안으로 들어섰다.

마당에는 아기자기하게 꾸며진 작은 화단이 있고, 정면에는 집 안으로 들어갈 수 있는 문이 열려 있었다. 출입문이 다 열려 있다니 좀 이상했지만, 둘은 천천히 집 안을 둘러봤다.

집 안에 들어와서야 살림을 하는 가정집이 아니라 작은 전시관인 걸 알았다. 입구 옆에는 전시목록이 적힌 리플렛이 있었다. 좁은 복도를 지나 조금 넓은 거실에는 동양화와 서예 작품 몇 점이 소박하게 전시되어 있고, 청자 항아리나 찻잔도 놓여 있었다.

지함의 눈에 거실 안쪽 작은 문이 들어왔다. 그 문이 아주 조금 열려 있었다. 지함은 미닫이 문을 열고 안으로 들어갔다. 방에는 작은 책상 하나와 의자가 있고 작은 향초가 하나 켜 있었다. 그리고 그 책상 위에는 아주 오래돼 보이는 고서가 한 권 놓여 있었다. 지함은 순간 자신을 이곳으로 이끈 것이 이 책임을 느낄 수 있었다.

"《토정비결(土亭祕訣)》."

"뭐?"

"이 책 《토정비결》이야. 한자는 잘 몰라도 이건 알아볼 수 있어."

지함은 책에 이끌리듯 책상으로 다가갔다.

그러자 주변이 갑자기 밝아졌다. 눈을 뜨기가 어려운 환한 불빛이 지함을 감쌌다. 책에서 글자들이 빠져나와 날아다니다가, 지함의 눈에 빨려들어갔다.

"으아아악!"

대호는 지함이 갑자기 책 앞에서 눈을 커다랗게 뜨고 소리를 질러대는 모습에 놀라서 아무것도 하지 못했다. 친구가 뭔가에 씐 것처럼 소리를 지르는데, 도대체 무슨 일이 벌어지고 있는지 알 수가 없어 혼란스러웠다.

잠시 후 지함은 다시 평소의 표정으로 돌아왔다. 여전히 초점이 없는 눈으로 허공을 바라봤다.

"야? 괜찮아? 너 얼굴이 롤러코스터 한 열 번 탄 거 같아."

"……대호야, 내가 무슨 말을 해도 너 나 믿을 수 있지?"

한동안 멍하게 있던 지함이 겨우 입을 열어 대호에게 물었다. 대호는 예상치 못한 지함의 질문에 당황했지만, 그래도 진심으로 대답했다.

"믿기야 믿지. 네가 그동안 나한테 보여준 게 있는데."

"지금까지는 장난이었어."

"뭐가?"

"내가 미래를 보던 거."

"그게 무슨 소리야?"

"내가 지금까지 사람들 미래를 봐주던 건, 지금 내가 본 거에 비하면 다 애들 장난 같은 거였다고."

"진짜? 뭐가 달라졌어? 여기 뭐 비법이라도 써있는 거야?"

"아니, 그냥 느껴져. 이 책만 있으면 미래를 정확하게 볼 수 있어."

"그게 무슨 헛소리야?"

지함은 대호에게 설명을 해주면서 점점 평소의 모습으로 돌아왔지만, 여전히 무슨 뜻인지 모를 말만 해대서 대호는 도대체 이해할 수 없다는 표정으로 지함을 바라봤다.

"그런데, 이 안에 잘못된 글자들이, 여기에 있으면 안 되는 글자들이 있어. 원래 있어야 하는 글자들이 잘못 적혀있는 게 다 느껴진다고."

지함은 급하게 말을 이어갔다.

“이 책이 뭔가 달라진 건 알겠는데. 나한테 다 보이는 건 아니야. 뭔가 틀린 게 더 있다는 건 알겠는데, 그게 뭔지를 모르겠어. 더 이상은 안 보여. 틀린 걸 고치기만 하면…….”

“난 네가 하는 말이 뭔 소린지 하나도 모르겠다.”

지함은 지금 경험한 걸 최대한 대호에게 설명하고 싶었지만, 머리와 가슴으로 알게 된 걸 말로 옮기지 못해 횡설수설했다. 그러다 자신에게 보이지 않는 무언가를 누가 볼 수 있을지 짐작 가는 사람이 떠올랐다.

“너 휴대폰 줘봐.”

“휴대폰은 왜?”

“네 꺼 최신형이지? 좋은 걸로 찍어야 사진이 잘 나올 것 같아서.”

대호가 휴대폰을 건네자, 지함은 꺼놓은 전원을 켜서 카메라 앱으로 책 표지를 찍었다. 지함은 어떤 인연으로 여기 오게 된 건지 궁금해졌다. 입구에 있던 리플렛을 몇 개 챙기고 대호와 서둘러서 전시관 밖으로 나갔다. 스쿠터를 끌고 원래 가려던 주인할머니의 옥탑방으로 향했다.

지함과 대호는 옥탑방 방문은 열어보지도 않은 채, 옥상에 있는 평상에 앉았다.

"야, 너 뭐냐?"

대호는 혼란스러운 마음으로 지함에게 물었다.

"그러니까. 나 뭐냐?"

지함은 자신에게 일어난 일들이 무엇인지 알 수가 없었다. 다만 확실한 건 지함의 능력이 예전과는 비교도 되지 않을 만큼 강해졌다는 점이다.

대호는 평상에서 챙겨온 리플렛을 살펴보다 지함에게 말했다.

"야! 저거 진짜 《토정비결》 맞네."

"아까 맞다고 했잖아."

"거기는 작은 개인 전시관 같은데, 지금 하는 게 '토정 이지함 특별전'이래. 저 책도 《토정비결》 진본이라고 나와 있어. 여기 보니까 전시된 모든 유물은 익명의 후원자가 대여해준 거래. 들어봐.

'한편, 속설에는 토정 이지함 선생이 조선시대를 대표하는 기인이었다고 전해진다. 특히 그의 행적에 기이한 소문이 많았는데, 산길을 가다 아무것도 없는 허공에서 지팡이를 꺼내어 들었다는 걸 목격한 이도 있고, 가난한 민초들을 위해 다양한 요술을 부려 그들의 목숨을 지켜주었다는 말도 있다. 이지함 선생은 철로 만든 갓을 쓰고 다닌 것으로 알려졌는데, 그 정확한 이유는 밝혀지지 않았다.

여러 속설 중 가장 유명한 이야기는 그가 미래를 볼 수 있었다는 것이다. 그가 생전에 집필한 것으로 알려진 《토정비결》은 사람들의 미래를 보는 비결을 정리한 책이다. 혹자는 스스로의 미래를 알게 된다고 해도 삶에 예상치 못한 불행을 초래할 수도 있다는 사실을 깨달은 이지함 선생은, 죽기 전 비결을 풀어내는 궤 중에 일부를 일부러 틀어놓았다고 주장하기도 한다. 그래서 현재 많은 사람이 신년에 보는 토정비결에 맞는 것도 있고 틀린 것도 있는 이유다. 이지함 선생은 안 좋은 기운을 나타내는 궤들을 의도적으로 더 많이 틀어놓았기 때문에, 현재 대부분의 토정비결이 희망적인 메시지를 담고 있는 것이라고 한다.'"

"일부러 틀리게 써놨다고?"

"더 대박이 있어. '이지함 선생을 둘러싼 수많은 속설 중 정말 허무맹랑한 것들도 있다. 《토정비결》은 기본적으로 사주팔자를 통해 미래를 점치는 법이 담긴 책인데, 원리상으로는 수많은 사람 중 같은 운명의 사람들이 다수 존재할 수도 있다는 뜻이 된다고 한다. 《토정비결》의 경우 그 경우의 수가 144궤로, 다른 주역들에 비해 궤가 더 적어서 같은 운명이 다수 있을 수 있다.

후세에 이지함 선생과 같은 운명을 가지고 태어난 이가 있다면, 그가 틀어놓은 궤를 다시 맞출 수 있어 이지함 선생처럼 세상의 이치를 깨닫고 모든 미래를 읽을 수 있다는 이야기가 전해진다.'

야, 이거 네 얘기 아니야? 나는 이걸 읽고 나니까 아까 네가 했던 말이 좀 납득이 가는데?"

"그러니까 아까 내가 본 책이 이지함 선생이 생전에 쓴 책이 맞고, 이지함 선생은 책 내용을 일부러 틀리게 했고, 같은 운명을 지닌 사람이 그걸 다시 맞춰서 미래를 정확하게 볼 수 있는데……."

"근데 그게 너라는 거야?"

"……."

둘은 머릿속이 혼란스러워졌다.

"맞는 거 같아. 아니 맞아. 저 책, 뭔가 다 머릿속으로 이해가 되는 기분이었고, 그 안에 글자들이 변하고 틀어진 느낌이었거든."

"근데 다가 아니었다고 했잖아. 뭔가 보이지 않는 게 있다고 했잖아. 그건 뭐야?"

"함지."

"뭐?"

"내 동생이야."

"너한테 동생이 있었어?"

"나랑 같은 날 같은 시에 태어난 쌍둥이 동생."

쌍둥이라는 말을 듣는 순간, 대호는 정말 만화 같은 생각이 스쳐 지나갔다.

"에이, 설마. 네 동생이랑 너랑 그 능력이 나눠진 거라고? 그리고 네가 좋은 일들만 볼 수 있는 거니까…….”

“걔는 남들의 불행만 보여.”

대호는 한동안 말을 하지 못했다. 남들의 불행만 본다는 함지의 삶을 생각하니, 자신의 마음에 난 상처들이 욱신거린 듯 아파졌다.

“정말 힘들었겠다. 너야 그나마 남들한테 좋은 말 하고 다녔지만, 걔는 보이는 게 남들의 불행이니. 사이코패스가 아닌 이상 사람들은 만나는 거 자체가 다 고통이었을 거 아냐.”

순간 지함은 자신이 한 번도 함지의 입장에서 생각해본 적이 없다는 것을 깨달았다. 대호의 말을 듣고 나니, 그동안 이해하지 못했던 함지의 어두운 모습이, 그럴 수밖에 없는 상황이었다는 것도 이해가 되었다.

지함은 미안해졌다. 지함은 능력이 싫지 않았다. 아니 한껏 이용하며 살았다. 능력은 세상을 편하게 살게 해주는 아이템 같은 것이었다. 그런데 자신이 그렇게 살 수 있었던 건 어쩌면 함지의 희생 때문일지도 모른다는 생각이 처음으로 들었다. 그는 그녀의 삶을 전혀 상상조차 할 수 없었다. 누군가의 불행만 보며 살아왔을 그녀의 삶은 아무리 노력해도 전혀 이해할 수 없을 것이다.

지함은 지금까지 자신의 삶이 얼마나 가벼웠는지 새삼 다시 느꼈다. 그저 누군가에게 행복한 미래만 알려주면서 살아온 삶이라, 그에게는 삶의 고민도 진지함도 없었다. 그저 흘러가는 대로 흘러온 삶, 마치 바람에 날리는 얇은 티슈 같았다.

함지를 떠올린 지함은 자신의 흰 티에 적어놓은 연락처를 찾았다. 그 긴박한 순간에 1년에 한 번 연락을 할까 말까 한 함지의 연락처를 적은 건 어쩌면 본능이었을지도 모른다는 생각이 들었다. 불시의 상황에 자신을 도와줄 수 있을 거라 믿은 사람이 함지였다.

그런데 흰 티는 어느새 땀에 젖어 잉크가 모두 번져 있었고, 전화번호 중 숫자 두 개는 완전히 번져서 도저히 알아볼 수 없었다.

"근데 너, 동생 번호도 못 외운 거야?"

"어……."

"에라이, 빙신아!"

"야! 넌 너네 형 번호 외우냐?"

"……당연하지."

자신도 모르게 욱해버린 지함은 실수했다는 것을 깨달았다. 대호에게 형의 존재는 지함에게 함지와 같지 않았다.

둘은 한동안 아무 말도 하지 않았다. 함지를 떠올릴 때의 먹먹함과 대호에 대한 미안함. 대호는 형에 대한 그리움과 함지에 대한 애처로움으로, 둘은 서로에 대한 감정으로 마음이 복잡해졌다.

그리고 그 침묵을 먼저 깬 것은 대호였다.

"그냥 다 전화 걸어보자. 어차피 네 동생을 만나야 할 거 아냐. 이렇게 된 거 한번 찾아보자. 까짓거 몇 명이나 된다고!"

그렇게 지함과 대호는 알아볼 수 없는 전화번호 두 자리에, 순서대로 숫자 넣어서 하나하나 전화를 걸어보기로 했다. 대부분은 아예 받지 않거나 없는 번호였다. 없는 번호면 괜찮은데, 전화를 받지 않으면 문자를 보내두었다. 그리고 그렇게 1시간 넘게 전화를 하던 중에 드디어 원하던 전화가 연결되었다.

"여보세요. 혹시 이함지 씨 전화 맞나요?"

"예, 맞는데, 누구시죠?"

대호는 그대로 전화기를 지함에게 넘겼다. 지함은 오랜만에 듣는 함지의 목소리가 유독 어둡게 느껴진 건 대호와 나눈 아까의 대화 때문인지, 아니면 함지에게 무슨 일이 있는 것인지 알 수 없었다. 그저 멀리서 들리는 그녀의 목소리만으로도 지함은 왠지 그녀에게 미안한 마음이 생기고 있었다.

"나야."

6. 불행만 보이는 소녀

함지는 자신이 남들과 다르다는 걸 일찍부터 알아차렸다. 어릴 적부터 누군가의 미래가 보인다는 게 남들과 다른 점이었지만, 함지가 남들과 다르다는 건 능력보다는 오히려 평범하지 않았던 가족들에게서 느껴지는 부분이 더 컸다.

함지의 엄마는 나무 같은 사람이었다. 그저 아침에 일어나면 차를 마셨고, 차를 마시고 나면 함지를 학교에 데려다주었다. 집안일은 도우미 아줌마가 해주고, 식사도 도우미 아줌마가 줬다. 그래서 함지가 성장하면서 필요한 것을 챙겨주는 건 대부분 엄마가 아니라 도우미 아줌마였다. 함지의 엄마는 함지에게 커다란 나무 같은 존재였다. 그저 곁에서 가만히 있어주는 존재.

어린 함지도 엄마의 삶이 이상하다고 생각했다. 단순히 무기

력한 삶의 모습 때문만은 아니었다. 엄마에게는 표정이 없었다. 웃지도 않았고, 울지도 않았다. 항상 같은 표정에 같은 말투. 모든 순간에 엄마는 모든 걸 미리 알고 있다는 것처럼 당황하지도 걱정하지도 않았다. 하지만 단 한 번도 엄마가 자신을 사랑하지 않는다고 느낀 적은 없었다. 엄마는 그저 남들보다 조금 건조하게 살고 있었을 뿐이었다.

엄마는 한 번도 함지에게 무엇인가를 요구하지 않았고, 함지가 이뤄온 것들에 큰 의미를 부여하지도 않았다.

"우리 함지가 공부를 열심히 했구나."

"우리 함지가 상을 받아왔구나."

함지는 그런 엄마의 영향을 많이 받았다. 어린아이답지 않게 잘 웃지도 않고 잘 울지도 않는, 감정 기복이 적은 아이로 성장했다.

그런 함지에게 항상 예측 불가능한 불안감을 만들어 내는 사람은 외할머니였다. 함지의 엄마가 아무 일도 하지 않고 살 수 있는 건 인천에서 가장 유명한 무당인 외할머니 덕이었다. 함지가 어릴 적부터 봐온 외할머니는 어느 곳에 있어도 사람들의 이목을 끌 만큼 화려하게 꾸민 모습뿐이었다. 모든 옷은 원색이었고 화려한 모자와 액세서리, 번쩍번쩍한 귀금속은 당연했으며, 화장도 화려했다.

외할머니는 자신과 다르게 아무런 의욕 없이 세상을 살아가는 함지 엄마의 삶이 마음에 들지 않았고, 점점 엄마와 닮아가는 함지도 못마땅했다. 그래서 외할머니는 손녀의 교육을 간섭하기 시작했다. 함지가 중학생 때부터 왕따를 당한 것도 외할머니 때문이었다.

남들보다 무심한 엄마와 남들보다 유난스러운 외할머니 사이에서 자라왔는데, 원하지 않는 능력까지 나타나면서 함지는 더욱 힘들어졌다. 처음에는 모두들 그저 걱정이 많은 아이라고 생각했다. 자기 능력을 정확하게 알지 못한 함지도 자신에게 느껴지는 불길한 예감을 주변 사람들에게 걱정처럼 전하곤 했을 뿐이었다.

시간이 가면 갈수록 그 걱정대로 사건이 벌어지기 시작하자, 함지와 가장 가까운 친구들부터 그녀를 멀리하기 시작했다. 언젠가 지함과 이야기하며 자신이 잘 아는 사람일수록 그 미래가 뚜렷하게 보인다는 걸 알게 된 순간부터, 함지는 더 이상 가까운 사람을 만들지 않겠다고 다짐했다.

어린 함지는 그렇게 스스로를 자신이 만든 울타리에 가둬두고 살기 시작했다. 누구와 이야기 나누기보다는 차라리 감정 기복이 적은 엄마를 대하는 게 편했다. 함지는 누군가가 자신과 친해지고 그 사람에 대해 알게 되는 것이 무서웠다. 그래서 아주 어릴 때부터 수업시간 외에는 항상 귀에 이어폰을 꽂았다.

함지가 이렇게 극단적으로 주변 사람과의 소통에 겁을 내게 된 건 중학교 1학년 때 생긴 사건 때문이었다. 남녀공학에 다니던 함지는 그때도 친구를 만들지 않겠다는 다짐으로 스스로의 벽을 만들고 혼자만의 학교생활을 하고 있었다. 하지만 중학교 1학년 여학생이었던 함지에게, 마음속에 자라나는 첫사랑의 감정은 결코 스스로 어쩔 수 있는 게 아니었다.

중학교에 첫 등교를 하던 날, 문을 열고 들어오던 남자아이에게 함지는 심장이 두근거리는 감정을 처음 느꼈다. 누구나 그렇듯이 상대방에 대한 궁금증부터 시작되었다. 한동안 그저 바라만 보고 있던 그녀지만, 시간이 지날수록 그 남자아이에 대한 궁금증은 커져갔다. 그러다 우연히 옆 친구들의 수다 속에서 그 아이의 생일 날짜를 듣는 순간, 그 아이에게 일어날 불행한 일들이 느껴졌다.

함지는 그날 밤 한숨도 잘 수 없었다. 밤새 그 아이가 겪게 될 불행이 머릿속에 떠다녔고, 그 사실을 그 아이에게 말해야 할지 말지 고민하느라 머리가 터질 것 같았다. 함지가 느낀 그 아이의 불행은 결코 작지 않았기에 더 어려웠다. 밤새 고민한 결과, 함지는 결국 자신을 드러내지 않는 선에서 그 남자아이를 돕기로 마음먹었다.

[내일 체육시간에 절대 뜀틀 하지 마. 아프다고 하고 꼭 빠져.

- 마니또]

함지는 남들보다 일찍 등교해서 그 남자아이의 책상에 쪽지를 넣어두었다. 때마침 담임선생님이 반 친구들과 친해지라고 시켰던 마니또 게임이 적당한 핑계가 되었다. 메시지를 작성한 함지는 과연 그 남자아이가 그 쪽지를 믿을지 걱정스러웠다. 그래서 함지는 그 남자아이가 등교했을 때부터 눈을 뗄 수 없었다.

그런데 그 남자아이는 함지의 쪽지가 있는지 알지도 못했다. 자신의 계획과는 다르게 흘러가며 점점 체육시간이 다가올수록 함지의 손에는 땀이 차기 시작했다. 결국 직접 말해줘야겠다고 생각한 순간, 거짓말처럼 남자아이가 쪽지를 읽었다.

쪽지를 읽은 남자아이의 표정은 묘했다. 믿어야 할지 말아야 할지 모르겠다는 표정이었다. 훔쳐보던 함지는 정말 온몸에 땀이 흐를 정도로 긴장했다. 다행히도 남자아이는 몸이 안 좋다며 체육시간에 빠졌고, 운동장 펜스에 앉아 친구들을 지켜봤다. 함지는 안심하고 평소처럼 자신도 펜스에 앉았다.

함지에게 느껴진 불행은 체육 시간에 뜀틀을 뛰다가 두 손으로 짚은 뜀틀이 부서지는 바람에 남자아이가 크게 다치는 것이었다. 함지는 그 불행이 남자아이만의 것이라고 생각했다. 그 남자아이만 뜀틀을 뛰지 않는다면 아무 일도 일어나지 않을 거라 생각한 것이다. 하지만 체육 선생님이 그 남자아이 다음 번호를 부르며 출발시킬 때, 함지는 알게 되었다. 자신이 그 불행을 막은 것이 아니라 그다음 아이에게 옮겼을 뿐이라는 것을.

그 남자아이가 당할 뻔했던 사고는 다음 번호인 아이, 그 남자아이와 가장 친한 아이의 사고가 되었다. 학교 탁구부에서 가장 큰 기대를 받는 유망주인 그 친구는 사고를 당해 더 이상 탁구를 할 수 없게 되었다. 기물 관리를 책임지고 학생 안전에 대한 책임이 있는 체육선생님도 징계를 받았다.

함지는 그날 이후로 한동안 학교에 가지 않았다. 자기 방에 처박혀 그날 자기 행동을 끊임없이 후회했다. 뜀틀이 부서질 거라고 하면 모든 게 해결됐을 텐데. 처음에는 거기까지 생각하지 못한 자신의 멍청함에 화가 났고, 다음에는 어설프게 누군가의 삶에 끼어든 것을 후회했다.

함지는 그 사건을 계기로 타인에 대한 관심을 완전히 지워버렸을 뿐만 아니라, 자신에게 다가오는 사람까지도 병적으로 차단하며 살았다.

함지가 학교에 나오지 않는 동안 그 남자아이의 자리에 쪽지를 넣는 걸 본 목격자가 나타났다. 소문은 빠르게 번져 나갔다. 남자아이는 함지의 쪽지 때문에 자신이 체육시간에 빠졌고, 그것 때문에 가장 친한 친구가 꿈을 잃었다고 생각했다. 남자아이는 함지에 대한 분노가 차올랐다.

함지가 학교로 돌아오자 남자아이는 다른 친구들과 함지를 괴롭혔다. 함지 역시 모든 것이 자기 탓이라고 생각하고 어떤 일이든지 모두 감당하겠다고 생각했다. 그래서 다시 학교를 나가기 시작했을 때, 함지는 그 모든 상황을 받아들이고 괴롭힘을 묵묵히 견디기로 했다.

그런데 함지가 돌아온 지 일주일도 되지 않은 어느 날, 함지의 외할머니가 학교에 찾아와 교장선생님을 만나고 돌아갔다. 그리고 다음날 남자아이는 강제 전학을 간다고 했다.

함지의 외할머니가 교장선생님을 압박하고 선생님들을 협박해서 전학을 보냈다더라, 지역 국회의원도 굽신거리는 사람이라더라 하는 소문이 학교에 돌았다. 이제 함지는 아무도 건드릴 수 없는 존재가 되어 있었다. 친구들뿐만 아니라 그녀를 가르쳐야 하는 선생님들마저도 함지를 피했다.

[죽어버려]

남자아이가 보낸 처음이자 마지막 문자였다.

그 뒤로 함지는 고등학교를 졸업할 때까지 아무것도 하지 않고 공부만 했다. 함지의 엄마도 분명히 함지를 걱정하고 있었지만, 자신이 나설수록 외할머니가 더 심하게 간섭하리라는 것을 잘 알고 있었다. 엄마는 결국 비겁한 침묵을 선택했다. 함지는 그렇게 세상의 모든 소통을 스스로 차단한 채, 자신만의 세상에서 공부만 하며 학창 시절을 눌러 담았다.

서울대 국사학과를 수석으로 합격한 날, 함지의 외할머니는 동네에 현수막을 걸고 잔치를 벌였다. 원래 외할머니는 함지가 의대나 법대에 가길 바랐지만, 다른 대학 의대나 법대보다 '서울대' 간판이 훨씬 좋다고 생각했다.

함지가 국사학과를 선택한 이유는 간단했다. 함지는 누군가의 미래에 개입하지 않는 삶을 살고 싶었다. 미래에게서 도망쳐 과거로 간다는, 너무나 단순한 이유였다.

하지만 그렇게 선택한 대학생활도 결국은 함지를 몰아버리고 말았다.

=囍=

학창 시절 내내 자기 세상에 갇혀 공부만 한 건 함지만이 아니었다. 그녀로 인해 가장 친한 친구의 꿈이 꺾였다고 생각한 그 남자아이는 결국 전학을 가서도 적응하지 못했다. 누군가의 왕따를 주도해서 강제 전학을 왔다는 소식은 전학 간 학교에 퍼졌고, 그도 결국 왕따가 되었다.

그 남자아이는 화가 나서 견딜 수가 없었다. 누가 자신을 이렇게 만들었는지 너무나 잘 알고 있지만, 왜 그랬는지는 도저히 이해할 수가 없었기 때문이었다. 강제 전학을 와서 왕따를 당하는 중학생은 공부 말고 딱히 할 수 있는 게 없었다. 거기에 분노까지 더해지자, 공부는 점점 집착이 되어갔다. 그는 모진 괴롭힘을 당하는 중에도 이를 악물고 공부를 해서 결국 특목고에 입학했다. 특목고에서는 모두 자기 공부 하느라 누군가를 괴롭힐 여유도 없었다. 그는 함지를 향한 분노에 휩싸여 공부했다. 그리고 서울대학교 의대에 합격했다.

거기서 함지를 다시 만났다. 다시 만났을 때, 그는 자신의 노력이 보상을 받았다고 생각했다.

성인이 된 남자아이의 원한은 시간이 지워주지 않았다. 오히려 그 시간만큼 더 깊고 독해졌다. 그는 계획적으로 함지의 주변에 접근했고, 자신을 숨긴 채 함지를 괴롭혔다.

시작은 신입생 커뮤니티에 함지의 소문을 퍼트리는 것부터였다. 그녀를 고립시키는 건 시작에 불과했다. 이미 그런 생활에는 너무 익숙해진 함지였지만, 그렇다고 해서 아무렇지 않은 것도 아니었다. 대학생이 돼도 삶은 달라지지 않았다는 실망감이 가장 컸다.

그때 누군가 계속 보내오는 메시지는 누가 자신을 노리고 있다는 생각으로 불안감에 휩싸였다.

[왜 아직도 살아있는 거야?]

[난 네가 그냥 죽었으면 좋겠어. 진심이야.]

[죽어버려. 악마 같은 년아.]

[내가 가서 죽여버리기 전에.]

이제는 이 모든 것을 온전히 혼자 이겨나가야 한다는 외로움이 그녀를 점점 더 지치게 만들었다.

-囍-

학과에서 메일이 왔었다. 국사학과는 텔레그램에 단체방이 있으니 신입생들은 바로 가입을 하고 아이디를 알려달라고 했다. 함지는 텔레그램에 가입해서 아이디를 전송했다.

얼마 뒤부터 메시지가 쏟아졌다. 알고 보니 과에서는 메일을 보낸 적이 없다고 했다. 그 남자아이는 복수를 위해 최선을 다해서 함지를 공격했다. 하지만 결국 함지가 무너진 것은 남자아이 때문이 아니었다. 오히려 그녀를 더 힘들게 했던 것은 여전히 함지의 휴대폰에 그가 보낸 메시지들이 유일하다는 사실이었다.

오랜 시간 동안 함지는 여전히 혼자였고, 시리게 외로웠다. 함지는 어차피 사라지지 않을 외로움에 평생을 괴롭게 살아야 한다면 차라리 누군가의 한이라도 풀어주는 것이 좋겠다는 생각이 들었다. 그래서 함지는 눈에 보이는 가장 높은 건물의 옥상으로 스스로 올라갔다. 그리고 난간에 서서 저 깊은 바닥을 바라보는 순간, 어쩌면 이것이 자신이 오랫동안 바라던 진정한 자유일지도 모른다는 생각이 들었다. 그래서 모든 것을 비운 그 때, 처음 보는 번호로 전화가 걸려 왔다.

"여보세요. 혹시 이함지 씨 전화 맞나요?"

7. 서로 다른 희망

"예, 맞는데, 누구시죠?"

처음 듣는 목소리가 자신의 이름을 알고 있었다. 잠시 침묵이 흘렀다. 그리고 아는 목소리가 들렸다.

"나야."

함지가 지함과 대화를 나눈 것은 1년 만이었다. 그리고 전화 통화를 하는 건 아마 처음인 것 같았다. 함지는 지함과의 통화에 큰 의미를 둔 것은 아니었지만, 이런 순간에 지함이 자신에게 전화를 걸었다는 사실은 뭔가 묘한 느낌을 주었다.

"무슨 일이야?"

"설명할 시간이 없어. 우선 내가 보내는 사진 좀 보고, 뭔가 보이는 게 있는지 봐봐."

지함도 함지의 목소리를 듣자 마음이 복잡해졌지만, 지금은 바쁘다는 핑계로 애써 그 감정을 숨기려고 했다. 마음과는 다른 행동이 먼저 나오는 현실 남매의 대화 같은 것이었다.

함지는 지함이 뭘 하려는지 이해할 수 없었지만, 이미 사진들이 들어오기 시작했다. 첫 이미지를 보기만 했는데도 함지는 이게 무엇인지 알 수 있었다. 두 번째 사진부터는 뭔가 느껴지는 것이 있었다. 함지는 자신도 모르는 사이에 아직도 난간에 선 채 들어오는 사진들을 하나씩 확인했다. 지함이 그랬던 것처럼 그녀도 시선이 빠르게 움직였다.

지함은 함지가 아무 말도 하지 않아도 자신과 같은 경험을 하고 있다고 생각했다.

그렇게 한참의 시간이 지나자 함지는 지친 목소리로 말했다.

"이게 뭐야?"

"너도 봤지?"

"나한테 지금 뭘 한 거냐고. 뭘 했길래 나한테 이런 게 보이냐고."

지함은 함지에게도 같은 게 보인다는 것과, 자신의 추측이 맞아떨어졌다는 걸 확신할 수 있었다.

하지만 이 상황이 자신들에게 과연 좋은 일인지는 알 수 없었다.

“혹시 지금까지와는 다른 무엇인가가 느껴진다거나, 능력이 변한 것 같은 느낌도 있어? 네 능력이 강해진 것 같은 기분이야?”

“난 지금 온 세상이 다 지옥처럼 느껴져. 가만히 있어도 세상의 모든 불행이 다 느껴지는 것 같다고.”

“그건 네가 능력을 잘 사용하지 않아서 그런 걸 거야. 그러니까 지금 자극이 너무 세게 느껴질 수밖에 없는 거야. 그러니까 힘들겠지만, 진정하고 지금 뭐가 어떻게 달라졌는지 말해줘.”

“도대체 이게 뭐야? 그것부터 말해.”

지함은 대호가 가져온 팜플렛의 내용을 사진으로 찍어서 전달하며 설명했다.

함지는 바람 부는 건물 옥상에서 지함의 이야기를 들으며 사진을 확인했다. 모든 것이 믿기지 않았다. 말도 안 되는 상황을 직접 겪어버린 자신과 지함만은 믿을 수밖에 없는 상황이라는 것도 알 수 있었다.

“이게 지금 말이 된다고 생각해?”

“넌 느꼈잖아. 나도 그래.”

함지는 지함의 말에 숨이 턱 막혔다.

“그래서 뭘 어쩌라고? 그 책으로 내가 너랑 같이 모든 사람의 미래를 알 수 있게 되면? 둘이 사이좋게 어디 점집이라도 차려?

이제 와서 오빠 노릇이라도 하려는 거야?"

함지의 말에는 가시가 있었다.

"야, 이함지!"

"왜, 이지함! 지금까지 내 인생이 어떻게 망가졌는지 넌 아무것도 모르지?"

서로에게 소리를 지른 둘은 잠시 휴대폰을 사이에 두고 생각에 잠겼다. 정말 말도 안 되는 일이라고 생각했지만, 어차피 둘의 삶은 지금까지 말이 되는 게 하나도 없었다는 생각도 들었다. 결국 자신들은 누군가에게는 말도 안 되는 존재였다.

그 생각의 끝에 서로의 마음을 움직인 것은 희망이었다.

지함은 생각했다. 능력을 한계까지 끌어올린다면 어떻게 될까? 혹시 미래를 알고 바꿀 수도 있지 않을까?

함지는 다른 희망을 봤다. 이 능력 때문에 삶이 지옥 같아졌는데, 갑작스럽게 그 능력이 더 강해져 버렸다. 그래서 생각했다. 책을 없애버리면 이 능력도 없어지지 않을까? 자신의 삶에서 이 능력만 없애버릴 수 있다면, 그래서 다른 사람들처럼 평범하게 살 수만 있다면, 그럴 가능성이 단 1퍼센트라도 있다면 자신은 뭐든지 할 수 있을 것 같았다.

함지는 난간 바깥의 깊은 바닥을 다시 한번 내려다봤다. 움찔하고 놀라며 무서워졌다. 함지는 아까는 느껴지지 않던 무서움이 지금 생겨났다는 게 너무 신기했다. 그리고 하늘을 쳐다봤다. 크게 숨을 들이마시니 뭔가 가슴이 시원해지는 것 같은 느낌이 들었다.

"그래, 난 너에 대해서 아무것도 몰라. 네가 지금 왜 이렇게 화를 내는지 잘 모르겠어. 우선 만나서 이야기 좀 하자."

"……그래."

"넌 어딘데?"

그 순간 다른 목소리가 들렸다.

대호는 지함의 전화기를 빼앗아 지함에게 자신을 말리지 말라고 손으로 막았다.

"저 지함이 친구 대호라고 합니다. 짧게 말씀드릴게요. 지함이랑 둘이 같이 알고 있는 장소가 있나요? 직접 말하지 않아도 힌트만으로 어딘지 알 수 있는 곳이요."

함지는 모르는 사람의 말에 당황했지만, 우선 대답부터 했다.

"매년 우리 가족이 모이는 곳이 있어요. 그렇게 말하면 알 거예요."

"알겠습니다. 바로 그곳으로 갈 테니까 서둘러서 와주세요. 지금 바로요."

"예, 그런데 무슨 일이죠?"

"자세한 건 만나서 말씀드릴게요. 어느 쪽이 늦어도 꼭 거기서 만나기로 해요."

"예, 알겠어요."

대호는 전화를 끊고 휴대폰을 건물 밖으로 던져버렸다. 그 모습을 보고 당황한 지함은 대호에게 물었다.

"야! 뭐야?"

"저 폰 해킹당하고 있어. 네가 통화할 때 화면이 살짝 깜빡이더라고. 사장한테 들었는데 해킹하는 놈이 자기가 만들었다는 시그니처로 넣은 거래."

지함은 대호가 눈치도 감도 좋다는 걸 알고 있었지만 새삼 놀랐다. 대호는 지함에게 부족한 부분을 완벽하게 보완해주는 조력자였다.

지함과 대호는 그대로 내려가 스쿠터를 타고 달렸다. 아까의 전시관 앞을 지나가는데, 대호가 갑자기 스쿠터를 세웠다.

"잠깐, 네가 말한 대로 네 동생이랑 함께 뭔가를 해야 한다면, 그 사진이 아니라 원본이 있어야 하는 거 아니야?"

"그런가?"

"네 동생을 만났는데 사진으로 뭔가가 안 된다면, 결국 여기 다시 와야 하는 거잖아. 그럴 바에는 아예 지금 여기서 진본을 가지고 가는 게 낫지 않아?"

대호의 말에 지함은 망설였다. 가져오는 게 아니라 전시관에서 유물을 훔쳐온다는 말이나 같기 때문이다.

대호는 그런 지함이 답답하다는 듯 말했다. 그리고 가방에서 대포폰을 하나 더 꺼내서 건넸다. 뒤에 붙은 포스트잇에는 전화번호가 적혀 있었다.

"이거 받고 여기서 잠깐 기다려. 혹시라도 무슨 일이 생긴 거 같으면 뒤도 돌아보지 말고 먼저 출발해. 알았지?"

대호는 스쿠터 열쇠를 빼지 않고 전시관으로 들어갔다. 대문은 여전히 잠겨 있지 않았지만, 아까와는 다르게 불은 모두 꺼져 있었다. 이미 한 번 들어가본 공간이어서 대호의 행동에는 거침이 없었다. 다만 책이 있던 방의 문이 닫힌 걸 보고 나니 그제서야 모든 전시물이 정리되어 있다는 사실도 눈에 들어왔다. 뭔가 잘못됐다는 걸 느낀 대호는 그대로 뒤돌아 나가려고 들어왔던 대문으로 향했다. 하지만 대문은 어느새 닫혀 있었다. 대호의 힘으로는 아무리 밀어도 문은 꿈쩍하지 않았다.

대호는 여기서 쉽게 빠져나갈 수 없다고 판단한 순간, 주저하지 않고 바로 소리부터 질렀다.

"지함아! 도망가!"

대호의 소리를 들은 지함은 뒤도 돌아보지 않고 도망치려 했다. 차마 생각하지 못한 변수가 더 있다는 걸 스쿠터 핸들을 잡고서야 깨달았다.

"나 스쿠터 못 타는데."

순간 당황한 지함은 난감해졌다. 택시를 타고 이동해도 상관이 없지만, 대호의 스쿠터가 문제였다.

지함의 눈에는 길가의 편의점이 눈에 들어왔다. 무작정 들어간 지함은 카운터의 알바생에게 향했다.

"혹시 오늘 새벽까지 근무하시나요?"

"예? 그런데요?"

"그럼 제가 부탁이 하나 있는데요."

"저기요……."

"저기 보이는 스쿠터 있잖아요. 이따가 제 또래 남자가 저 스쿠터 앞에서 서성거리면 이 키 좀 전해주실 수 있을까요? 부탁드릴게요."

"저기요. 그런 건 저희가 해드릴 수가 없어요."

알바생은 새벽근무를 힘들게 만드는 이상한 진상고객이 온 걸 짜증스러워했다. 게다가 매장 밖의 일이고, 누구를 말하는 건지 명확하지도 않았다.

지함은 알바생을 바라보며 잠시 집중하다가 입을 열었다.

"지금 많이 힘들죠? 사람이 주는 고통이 몸과 마음을 지배하고 있는 게 보이네요. 그런데 9월이 되면 많이 달라질 거예요. 아마 그때 일하는 지역이 바뀔 텐데, 그곳에는 잘 이끌어줄 사람도 있고, 오랫동안 함께 일하게 될 좋은 사람도 기다리고 있을 거예요. 그러니까 아무리 힘들어도, 딱 9월까지만 버텨봐요. 지금까지 생긴 모든 일은 당신 탓이 아니에요."

알바생은 지함의 말을 듣자마자 뭔가 가슴속에서 찌르르하고 올라왔다. 지함은 당연히 그의 사정은 몰랐지만, 그에게서 지금의 상황도 느껴졌고 앞으로의 상황도 보였다. 지함에게도 이런 경험은 처음이었다. 지금까지는 머릿속에 우연히 좋아하는 노래의 멜로디가 떠오르는 정도였다면, 지금은 그 음악의 악보까지 자세하게 머릿속에 그려지는 느낌이었다. 이렇게 모르는 사람이라면 보통은 느낌 정도, 가까운 사람이면 단편적인 미래의 장면만 보였는데, 《토정비결》 진본을 통해 능력이 강해지니 모르는 사람의 현재 상황과 미래에 대한 구체적인 시간까지 느껴졌다.

지함은 다급한 마음에 부탁하려고 미래를 말해줬을 뿐이었지만, 그에게 지함의 말은 진상손님의 주정도 아니고 점쟁이의 예언도 아닌, 하늘에서 내려온 어떤 계시처럼 느껴졌다. 그래서 지함의 부탁을 거절할 수 없었다.

그는 지함이 내민 스쿠터 키를 말없이 받았다.

"정말 감사합니다. 그리고 그 남자한테 '카페 하버'로 오라는 말도 전해주세요. 강이 보이는 곳이라고요."

"아, 예……. 감사합니다."

알바생은 자신이 무슨 말을 하는지도 모른 채 정신이 없는 듯했다. 다만 가슴에 차오른 감정은 벅찬 희망이었다.

대호의 가방만 챙겨서 큰길로 나와 바로 택시를 탄 지함은 매녀 가족이 모이는 곳으로 향했다. 그리고 현재 상황과 앞으로 어떻게 해야 할지 차분하게 고민했다. 그때 주머니에 넣어둔 대포폰으로 문자가 날아왔다.

[어디 가?]

이 휴대폰을 아는 사람은 대호뿐이니 곧바로 전화를 걸려고 하는 순간, 뭔가 잘못됐다는 기분에 멈칫했다.

[휴대폰 버리지 마. 너한테 마지막 기회를 줄 생각이니까.]

당연히 대호일 거라고 생각했지만, 두 번째 온 문자를 보자마자 지함은 온몸에 소름이 돋았다. 지함에게 가장 큰 위험이 다시 나타났다. 문자를 보자마자 창문으로 폰을 던져버릴 생각을 했는데, 마치 자신의 생각을 모두 알고 있는 것 같았다.

[그 책 나한테 넘겨. 그럼 살려줄게.]

지함은 혼란스러웠다. 어떻게 알았을까? 어디까지 아는 걸까? 아니, 그는 이 책을 가지고 뭘 하고 싶은 걸까? 너무 혼란스러웠고, 무서웠다. 그래서 지금은 모든 걸 다 놓고 싶다는 생각이 들기도 했다. 그래서 지함은 책만 넘기면 더 이상 쫓기지 않는다는 말에 그렇게 하겠다고 대답을 할 뻔했다.

하지만 잠시 멈추고 생각을 정리했다. 과연 그럴까? 책을 넘겨주면 나를 살려줄까? 그러면 정말 평범한 삶으로 돌아갈 수 있을까? 오히려 그에게 책이 있다는 걸 아는 자기를 해치지 않을까? 그리고 자신이 책을 손에 넣고 틀어진 궤를 바로잡으면 미래를 볼 수 있으니까, 자신을 위협하는 저 사람도 손쉽게 처리할 수 있지 않을까? 책을 넘겨주면 이 능력도 같이 사라지는 건 아닐까? 여전히 지함의 머릿속은 복잡했지만, 점점 이 문자의 답이 뭔지는 확실해졌다.

지함은 그 모든 고민에 대한 답을 문자로 보냈다.

[조까]

8. 사기꾼의 재테크

태혁은 최대 규모 보이스 피싱 조직의 중간 보스다. 부하들은 그 조직의 크기만큼 엄청난 부를 거머쥔 사람으로 보지만, 정작 태혁은 조직으로부터 나오는 수입에 항상 불만을 느꼈다. 게다가 안정적이다 못해 정말 지루한 하루하루를 보냈다.

그의 조직은 원래 인신매매와 장기밀매를 하다가 보이스 피싱을 신사업으로 확장시켰다. 근본적으로는 조폭이지만, 이미 몇 년 동안 이어진 노하우와 커넥션으로 체계적인 시스템을 만들어놓았다. 서버나 콜센터는 모두 외국으로 옮겨놨고, 언제 어떻게 될지 모르는 비상 상황에 대비해서 모든 센터는 3개로 분리해서 안전하게 운영했다. 모두가 꼼꼼한 두목의 성격을 대변해주는 것이었다.

태혁은 특히 한국에서 갈취한 현금을 대포통장으로 이체하고 출금하는 과정을 집중 관리했다. 언제 수사에 걸릴까 조마조마한 일이 아니라, 이미 오랫동안 관리해온 안전한 루트로 자금을 현금화하는 것이었다. 주로 문제가 생기는 부분은 현금인출책이 발각되는 경우인데, 대부분은 더 타고 올라오지 못하고 그 단계에서 마무리가 된다. 또 전반적인 피싱의 성공률을 높이기 위해 의미 있는 개인정보를 사들이고 피싱 파트로 넘기는 역할도 있는데, 그 업무마저도 이미 개인정보를 정기적으로 넘겨받는 거래처마다의 루트가 있어서 마치 우유배달을 받는 것만큼이나 단순한 일이었다.

다만 경쟁조직이 자신들의 자리를 차지하기 위해 혈안이 되어 있고 언제 시장을 빼앗길지 모르기에, 계속 매출이 커지도록 굴려야 했다. 보이스 피싱 시장은 최근 다소 줄은 것처럼 보이지만, 실제로는 해마다 커지고 있다. 오히려 검거건수나 검거인원도 많이 줄었다. 지속적인 아이템 개발과 노하우로 인해 새로운 매출을 꾸준히 만들어 내고 있는 것이다. 그렇게 발생한 매출이 실제 조직의 수익으로 이어지기 위해서는 자신의 역할이 가장 중요했다. 그런 중요한 일을 하고 있음에도 불구하고 조직에서 주는 보상은 너무 적었다.

태혁이 이렇게 불만을 가진 건, 착실하게 회사 다니며 돈 번다고 무시하던 동창 하나가 코인으로 대박을 치고 은퇴했다는 소식을 듣고 나서다. 게다가 동창은 수배될 위험도 없다. 그 얘길 듣자 어느덧 40대를 향해가고 있는 자신의 삶이 보였다.

20대 혈기로 이 바닥에 들어왔을 때만 해도 정말 미친 듯이 노력하면 자신도 언젠가 정상에 설 수 있을 거라고 생각했다. 하지만 짬밥이 늘어가면서 정말 그럴 가능성이 있는지는 따져보지 않아도 알 수 있었다. 자신은 보스의 그릇은 아니다. 그런 이유로 위험한 조폭에서 안전한 사기로 종목을 바꾼 것이다. 비슷한 시기에 들어온 강현은 무식하고 머리보다 주먹이 앞서지만, 아직도 몸 관리를 하고 두목 옆에서 아부를 떨어온 덕분인지 인신매매와 통나무 장사 같은 흉악한 일을 도맡아하며 두목의 신임을 받고 있다. 그래서 조직 짬밥이 비슷해도 태혁은 강현에게 밀렸다. 언젠가 태혁도 강현에게 통나무가 될지 모른다는 생각에 몸서리가 쳐졌다.

태혁은 이 안정된 기간이 얼마 남지 않았다고 생각했다. 그래서 무서웠다. 위에서는 찍어누르고 아래에선 치고 올라오며 옆에선 뒤통수 칠 기회만 노리고 있다. 이러다간 남에게 밀려나든 스스로 나가든 둘 중 하나가 되고 만다. 얼마 남지 않은 조직생활을 생각하면 이제 뭔가 큰 결단을 내리지 않으면 안 되는 상황에 몰려버린 것이다. 그래서 태혁은 요즘 밤에 잠도 잘 자지 못하고, 어울리지 않게 미래에 대한 고민으로 머리를 싸매고 있었다.

태혁이 처음 미래를 꿈꾸며 시작한 것은 주식이었다. 자신도 모르던 재능이 있는 건지, 나름 꽤 쏠쏠한 수익을 만들어 내며 점점 돈이 모였다. 하지만 수익이 나면 날수록 태혁의 욕심은 끝도 없이 커졌다. 5퍼센트, 10퍼센트 수익 정도로는 아무런 감흥도 없는 상태가 되었다. 하지만 아무리 생각해도 그것 말고는 큰돈을 벌 방법이 없었던 태혁은 범죄자답지 않게 아주 성실하게 주식투자를 하고 있었다. 그러다 아들뻘인 동생이 보던 SNS를 통해 이상한 놈을 알게 되었다.

#라이프_스포일러 해시태그를 따라 들어간 게시물에는 수많은 사람이 저 사람을 마치 예언가처럼 떠받들고 있었고, 실제로 수많은 인증이 능력을 검증해주고 있었다. 그는 자기 전 침대에 누워 그의 SNS 게시물을 살펴보기 시작했고, 보면 볼수록 그의 능력을 믿게 되었다. 미래를 알 수 있다는데 고작 몇만 원이면 꽤 괜찮았다. 태혁은 동생 10명에게 용돈을 쥐여주며 테스트를 해보았다. 놀랍게도 그의 적중률은 100퍼센트였다. 그중 하나는 그의 말을 듣고 주식에 투자해서 엄청난 수익이 났다고 자랑을 해댔다.

그는 지금이라고 생각했다. 이 지루한 삶을 변화시킬 수 있는 절호의 찬스. 어차피 자기 세력을 모아 두목을 치는 건 아무리 생각해봐도 리스크가 너무 컸다. 성공할 자신도 없었지만, 설사 성공한다고 해도 밑에 있는 동생들이 똑같이 자기를 치지 않으리라는 법도 없다.

그럼 결국 답은 투자를 통해 큰돈을 만들어 손을 씻고 이 바닥을 뜨는 거라고 생각했다. 지금이 그 기회다. 그런 결심을 하자마자 그는 망설일 필요가 없었다. 그는 그날 바로 지함에게 DM을 보냈다. 그리고 두근거리며 그 결과를 기다렸다.

[숫자가 막 커지는데, 크기가 아니라 자릿수가 늘어나요. 빨간색도 보여요.]

그때 태혁의 머리에 떠오른 건 며칠 전부터 정찰병으로 넣어두고 기회를 노리고 있던 코인 종목이었다. 빨간색은 분명 주식이겠지만, 자릿수가 바뀔 정도로 숫자가 늘어나는 변화라면 주식이 아니라 코인일 수밖에 없다고 생각했다. 곧바로 가지고 있던 모든 주식을 매도했다. 그리고 매도금이 계좌로 들어오는 동안 자신이 관리하는 조직 자금도 빼돌렸다. 그렇게 그가 최대한 빨리 마련한 돈은 40억. 통장에 그 돈이 모이자마자 속으로 '가즈아!'를 외치며 코인에 모두 쏟아부었다.

태혁이 산 코인은 한 시간 만에 두 배까지 뛰었다. 그 순간 태혁은 마치 자신의 꿈이 이뤄지는 것 같은 무아지경에 빠졌다. 그동안 알아본 이민 가기 좋은 나라들이 떠오르기도 하고, 너무 갖고 싶었던 차도 떠올랐다. 아무것도 하지 않고 코인거래 앱만 쳐다봐도 희열이 느껴졌다.

태혁의 달콤한 꿈이 현실로 보였던 시간은 딱 한 시간이었다. 한참 달콤한 미래를 꿈꾸던 사이 코인이 곤두박질치기 시작했다. 처음에는 SNS 예언가의 말에 절대적인 신뢰가 있었기 때문에 그저 흐름이라고 생각했다.

'올라갔으니까 수익실현 한다고 파는 멍청이들이 있기 마련이지. 이건 10배는 오를 코인이야. 분명히 다시 올라간다. 다시 올라갈 거야.'

하지만 절벽에서 떨어지듯 점점 가파른 낙폭에 정신을 차릴 수 없었다. 뭔가 잘못된 걸 깨달은 건, 자신이 모두 매도한 주식들이 상한가를 기록한 걸 본 뒤였다.

그렇게 태혁이 투자한 40억은 하루, 아니 단 몇 시간 만에 200만 원이 되었다.

태혁은 알고 있었다. '투자에 대한 모든 결정은 투자자 본인의 몫'이라고. 이 모든 결과가 온전히 자신의 잘못이고, 그에게 미래를 가르쳐준 그 망할 점쟁이에게는 아무런 책임도 없다는 것도 알고 있었다. 하지만 누구든 화풀이 대상이 필요했다. 어제 팔아치운 주식 8억이 내일 들어온다. 그 돈으로 모든 걸 복구시켜야 했다.

그래서 자신이 움직일 수 있는 조직 인력을 활용해서 지함을 쫓기 시작했다. 해커들과 조직의 정보력을 활용하면 그깟 어린

애 하나 잡는 것은 일도 아니다. 시간은 없었지만, 그렇다고 서두르거나 조바심을 내지는 않았다. 태혁은 궁지에 몰린 사람을 어떻게 다뤄야 하는지 정확하게 알고 있었다. 자신을 쫓고 있다는 힌트를 줘서 불안하게 만들었다가, 나중에는 뭘하든 자신의 손아귀에서 벗어날 수 없을 거라는 절망으로 빠뜨리기 위해서였다. 절망에 빠진 인간은 다루기가 아주 쉽다.

지함이 버스에 휴대폰을 두고 내렸다는 사실을 알았을 때, 태혁은 바로 인근 교통상황 CCTV를 확인했다. 지함이 걸어가는 방향을 통해 그가 들어간 휴대폰 판매점을 알아냈다. 태혁이 자신의 부하들과 그곳에 도착했을 때는 이미 지함과 대호가 그곳을 털어서 도망을 간 뒤였다. 마침 그곳은 태혁의 조직에 대포폰을 납품하는 거래처였고, 판매점 사장은 지함과 대호가 털어간 폰이 모두 해킹된 거라고 태혁에게 알려주었다. 이제 태혁은 대호의 휴대폰 전원이 켜지기만을 기다리기만 하면 모든 게 끝난다고 안심했다.

태혁은 놈을 잡으면 어떻게 해줄지를 생각하다가, 머릿속으로 지금까지와는 비교도 안 될 큰 그림을 그렸다. 나머지 8억으로 본전을 복구하는 것은 물론, 다시 새로운 꿈을 꿀 수도 있다. 미래를 알 수 있으니까. 시간을 끌수록 자신이 더 궁지에 몰린다는 사실을 알고 있었다.

그때 휴대폰이 울렸다. 두목의 번호였다.

“예, 형님.”

“태혁아, 너 요즘 뭐 하고 다니냐?”

두목은 평소의 차분한 목소리로 물어왔다. 화난 목소리는 아니니까 아직 전부를 아는 건 아닐 수도 있다. 하지만 태혁의 부하는 두목의 부하이기도 했다. 그중 태혁을 거치지 않고 두목에게 곧바로 보고하는 부하가 있는 게 분명하다.

“예, 형님. 스카웃 할 애가 있어서 애들 좀 데리고 찾고 있습니다. 신입이라서 시간 좀 들이고 있는데, 곧 형님께 말씀드리겠습니다.”

“어, 그래? 스카웃 하려면 확실한 애로 해야지. 괜히 일반인이면 건들지 말고.”

“예, 형님. 들어가십쇼.”

일반인이면 건들지 말라는 말에 비웃음이 났다. 두목의 지시에 따라 이 손으로 지금까지 망친 인생은 셀 수도 없다. 그때 태혁은 지함의 폰이 켜졌다는 보고를 듣고 다시 복사폰을 주시했다. 지함이 휴대폰 전원을 켰을 때부터 모든 상황을 듣고 그가 어디 있는지도 알 수 있었다.

- 손님, 동부간선도로로 가겠습니다.

-囍-

태혁과 통화를 마친 두목은 입맛이 썼다. 태혁을 언제까지, 어디까지 놔둘지를 아직 결정하지 못했다. 이런 일에는 겁먹은 여우가 필요하다. 여우가 겁을 잃으면 자기 머리가 더 좋은 줄 알고 배신을 준비한다. 지금은 다시 겁먹게 해줘야 할까, 아니면 없애버려야 할까?

두목은 태혁이 조직의 돈을 횡령했을 때부터 태혁을 주시했다. 모든 걸 알면서도 곧바로 행동하지 않고 태혁이 뭘 하는지 지켜보기로 했다. 태혁이 도망치지 않았기 때문이다. 두목은 아주 냉정하고 계산적인 사람이어서 태혁의 일탈을 벌하는 것도 중요했지만, 태혁이 생각한 돈벌이가 무엇인지를 더 궁금해했다. 그걸 확인한 뒤에 태혁을 처분해도 늦지 않다고 생각했다. 어차피 오래 걸리지 않을 것이었다.

9. 이지함의 계승자들

"지함아! 도망가!"

대호는 쉽게 빠져나갈 수 없겠다고 판단한 순간, 지함부터 보내는 게 맞다고 생각했다. 그리고 빠르게 상황을 파악하기 시작했다. 진본이 있던 방은 거실에 딸린 창고 같은 느낌이었기에 외부로 통할 만한 문이나 창은 없었다. 그리고 미닫이문으로 된 현관문은 외부에서 잠가놔서 열리지 않았지만, 나무로 만들어진 문이어서 여차하면 발로 부수고 나갈 수도 있겠다는 생각이 들었다.

하지만 자신이 들어오고 나서 문이 잠긴 건 누군가 가두기 위해서였을 것이다. 방문을 부수고 밖으로 나간다고 해도 이 집을 빠져나가는 일이 쉽지는 않을 것 같다는 생각이 들었다. 그렇다면 누가 자신을 가뒀으며, 왜 가두었는지를 알아내는 게 더 중요했다. 책을 훔치려고 온 건 맞았지만 아직 훔친 건 아니었기 때문이다.

"저기요?"

아무도 없는 집에서 누군가를 부르는 자신이 좀 멍청하게 느껴졌지만 다른 방법이 없었다. 대호는 허공을 향해 소심하게 누군가를 불렀다.

좁은 공간이었지만, 분위기 때문인지, 소리가 많이 울리는 듯한 느낌이 들었다. 두 번을 불러도 아무런 반응이 없자. 대호는 더 큰소리로 말했다.

"어디서 저를 보고 있는 것 같은데, 뭔가 목적이 있어서 이러시는 거 아니에요? 나와서 얘기 좀 하시죠. 할 얘기 없으면 문 좀 열어주시고요."

당당한 척했지만 대호는 겁을 많이 먹었다. 불안함 때문에 그는 더 화를 내듯 소리를 질렀다. 그러자 어디선가 부스럭거리는 소리와 함께 사람들이 나오기 시작했다.

어둠 속에서 서서히 드러나는 사람들의 모습에, 대호는 자신도 모르게 뒷걸음질을 쳤다. 여기저기서 한 명씩 걸어나온 사람들은 어느새 거실을 꽉 채울 만큼 많았다. 열 명쯤 되는 다양한 나이대의 사람들이었다. 가장 중심에 선 사람은 나이가 지긋한 70대쯤 되어 보이는 노인인데, 밝은색 두루마기에 작은 갓을 썼는데, 손에는 스마트폰을 쥐고 있었다. 이상한 종교에 빠진 사람들인가 의심했지만, 그의 뒤에 서있는 사람들은 평범한 현대인 복장이었다.

"혹시 자네가 지함 선생이신가?"

대호는 왜 저들이 지함을 찾는지는 모르지만, 이 상황에서는 자기가 지함이라고 대답해야 저들에게서 무언가 알아낼 수 있겠다는 생각이 들었다. 대호는 바로 당당하게 대답했다.

"예, 제가 지함입니다."

"설마."

"예?"

그의 반응에 대호는 당황했다. 대호는 겉으로만 당당할 뿐 모든 게 혼란스러운 상황인데, 상대방은 전혀 당황하지 않고 자신을 데리고 놀고 있었다. 불리할 수밖에 없었지만, 그렇다고 해서 불쾌하지 않은 건 아니었다. 대호의 표정이 일그러진 걸 읽은 노인은 멋쩍게 웃었다.

"미안하네. 나는 그저 자네가 지함 선생을 어떻게 생각하고 있는지가 궁금했을 뿐이야. 불쾌했다면 내 사과함세."

노인의 사과에 대호의 불안은 분노가 되었다. 이들은 분명 전시관의 침입자가 아니라 자신과 지함을 알고 가둔 것이다. 아무것도 알려주지 않고 농담처럼 웃고 있는 노인이 너무 불쾌했다.

"지금 뭐 하시는 겁니까?"

"그 질문은 우리가 먼저 해야 하는 게 아닌가, 젊은이?"

노인의 질문에 대호는 당당할 수 없었다. 자신의 무단 침입이 감금보다 먼저 일어난 일이기 때문이다. 하지만 그렇다고 해서 대호는 그들에게 약한 모습을 보여서는 안 된다고 생각했다.

"저는 그 《토정비결》 진본을 좀 보려고 왔습니다."

"정말인가? 정말 보기만 할 생각이었나?"

"솔직히 아무도 없었다면 그냥 가지고 갔겠지만, 나중에는 분명히 돌려드리려고 했습니다."

"그런가? 그럼, 빌려가시게."

"예?"

"어차피 우리가 없었다면 그냥 가지고 갔을 거라 하지 않았는가. 그러니 우리가 없다고 생각하고, 그냥 빌려가시게."

대호는 더 당황스러워졌다. 약한 모습을 보이기 않기 위해 당당하게 거짓말을 했지만, 상대는 이쪽의 속마음을 꿰뚫어보았다. 오히려 진짜 마음을 고백한 거나 다름없었다. 노인은 웃으며 가져가려던 책마저 빌려주겠다고 했지만, 대호는 알 수 없는 노인의 의도가 불안했다.

하지만 더 이상 시간을 끌어서는 안 된다고 생각했다. 아까 진본이 있던 그 방으로 빠르게 걸어가 방문을 밀었는데, 아까와는 다르게 문이 스르륵 열렸다. 대호가 책을 들고 나오자 무리 중에 한 명이 친절하게 현관문을 열어주었다.

이대로 최대한 빨리 지함을 쫓아가야 한다고 생각했다. 하지만 찝찝함이 대호의 뒤통수를 잡고 놓아주지 않았다.

"저기, 잠시만요. 이렇게 보내주실 거면서 왜 문은 잠근 겁니까?"

현관문으로 나가려던 대호가 멈춰 서서 묻자, 노인은 마치 대호가 그럴 줄 알았다는 표정으로 대호를 보며 웃었다.

"내가 자네에게 할 이야기가 있어서 그랬다네."

"이 책 이야기입니까?"

"아니, 그건 지함 선생에게 드리는 것이지. 내가 말을 전하고 싶은 건 자네라네."

대호는 이 대화의 주인공이 왜 자신으로 바뀌는 궁금했다. 이곳의 모든 게 지함과 관계있다는 걸 보여주는데, 처음 보는 노인의 입에서 자신의 이야기가 나오자 대호는 기분이 이상했다.

"나는 자네가 이곳에 오리라는 걸 알고 있었다네."

"뭐라고요?"

"더 정확하게 말하자면, 이지함 선생이 이곳을 다녀갈 것도, 그리고 그 뒤에 자네가 다시 올 것이라는 것도 다 알고 있었지."

"아니, 그게 무슨 말이에요?"

"지금부터 이야기를 하나 들려줌세. 참 길고 신비한 이야기라네. 지함 선생뿐만 아니라 자네도 관련이 있다네. 이야기를 들을 준비가 되었는가? 왜냐하면 내가 마지막에는 조금 어려운 부탁을 해야 하기 때문이라네."

대호의 머릿속에 수많은 생각이 오고 갔지만, 아무리 고민해도 자신에게 선택의 여지는 없었다. 이곳에서 최대한 많은 정보를 얻어가야 하는 상황이기에, 더 이상 시간을 끌지 않기로 하고 바로 대답했다.

"듣겠습니다. 다만 지금 시간이 없으니까, 좀 요약을 해주시거나 말을 좀 빠르게 해주시면 감사하겠는데……."

"하하하하. 성격이 급하군. 그럼 어디부터 이야기를 해야 좀 빨라지려나."

"아니, 그냥 좀 빨리……."

"이것부터 말하지. 지금 자네 앞에 있는 우리는 모두 이지함이라네."

"예? 뭐라고요?"

"말 그대로라네. 우리는 토정 이지함 어르신의 뜻을 따르는 사람들이야. 어르신의 뜻을 받들어 세상을 이롭게 만들기 위해 각자의 자리에서 열심히 살아왔지. 세상은 우리를 점쟁이라 부르지만, 우리는 그분의 가지고 계시던 재주가 아니라 그분께서 품고 계셨던 뜻을 이어받아 살아오고 있다고 자부하고 있지. 말하자면 정신적인 후손이랄까?

여하튼 우리는 나름 이 세상을 위해 살아오고 있다네. 쉽지 않은 숙명을 지키면서 말이야. 바로 《토정비결》 진본을 지키고 이어가는 것이지. 하지만 우리조차도 전설처럼 내려오는 이 이야기를 진짜로 믿는 사람은 거의 없었지. 애초에 우리가 이어가고자 했던 것은 그분의 재주가 아니라 그분의 뜻이었으니까.

그런데 그런 모든 생각이 뿌리부터 흔들리게 된 사건이 생겼다네. 바로 내 부친의 능력이 발현된 것이었어. 부친께선 어릴 적부터 남의 미래를 보는 능력이 있었다네. 다음 주에 누가 고뿔에 걸린다는 것이나, 투기판에서 돈을 좀 딸 거라는 정도의 아주 사소한 것들이었지만 말일세."

"어? 그건?"

"맞아. 지금 자네와 함께 있는 지함 선생이 가진 능력과 크게 다르지 않지.

당시 우리 집안 어르신들께선 부친의 능력이 그저 사소한 재주라고 치부하셨지. 하지만 부친께선 이 모든 게 결코 우연이 아니라고 굳게 믿으셨다네. 그래서 부친께선 홀로 조사를 하며 당신에게만 능력이 생긴 이유와 우리 가문에 얽힌 비밀을 풀고자 하셨네. 부친께서 알아내신 건, 토정 이지함 어르신과 당신의 사주가 같다는 것이었어."

"사주가 같다고요?"

"그렇다네. 당신께선 어르신과 같은 사주를 갖고 있는 사람에게서 능력이 발현된다는 걸 발견하신 거지. 그분이 발견하신 건 그것만이 아니었다네."

노인은 대호에게 오래된 두루마리 하나를 꺼내어 펼쳐서 읽기 시작했다.

“여기엔 이렇게 적혀 있네.

‘나와 같은 운명을 가진 이들이 세상에 찾아올 것이다. 그들의 두 눈에는 내가 숨겨놓은 세상의 이치가 보일 것이며, 그 이치로 인해 남들보다 앞서서 세상을 만나는 비극 속에 던져질 것이다. 허나 허공의 지팡이가 그들을 지킬 것이며, 무거운 갓이 그들을 힘을 누를 것이다. 삶을 앞선다는 것은 그 누구에게도 축복이 아니다. 그러니 내가 그대들에게 주는 눈을, 그대들이 선택하라. 눈을 떠 세상을 읽는 것도, 눈을 감아 이치를 덮는 것도 모두 그대들의 선택이리라.’”

“무슨 말이죠?”

“부친께선 이 문서가 어르신께서 후손에게 전하시는 선물이라 생각하셨다네. 그리고 당신이 어르신과 같은 운명이라 믿고 사셨지. 하지만 눈을 감기 직전에서야 당신은 그 운명이 아님을 깨달으셨다네. 우리 집안에서 그분과 같은 운명이 태어날 것이라고 믿고, 또 그러길 간절히 바라셨다네.”

“할아버지, 근데 그게 저나 지함이와는 무슨 상관인가요?”

“얼마 전, 이지함 어르신의 철갓과 지팡이를 잃어버리고 말았어.”

“그 중요한 걸 잃어버리셨다는 말씀이신가요?”

"그냥 잃어버린 게 아니라 사실 빼앗긴 거라네. 겨우 이《토정비결》만 지킬 수 있었지. 몇 년이나 찾던 중에 인천의 한 무당이 배후에 있다는 걸 알게 됐어. 그 무당을 조사하다가 지함 선생을 알게 됐지.

우리가 지함 선생을 처음 알게 되었을 때 조금 놀랐다네. 생전의 부친 모습과 꽤 많이 닮아서. 하지만 우리를 더 놀라게 한 것은 그분이 쌍둥이라는 것이었지."

"그게 대단한 건가요?"

"우리도 처음에는 모두 부정하려고 했고, 부끄럽지만 나쁜 마음을 먹었던 적도 있었지. 우리 집안의 부귀영화만을 위해 그 능력을 이용하려고 책 앞에 섰을 때, 그제서야 알게 되었다네. 우리의 역할은 이미 정해져 있던 게야. 어차피 이 운명은 어르신께서 아주 오래전에 보셨던 미래였다는 것을 말이야. 우리는 이 시대의 지함 선생이 찾아오기만을 기다리고 있었다네.

그리고 지함 선생이 쌍둥이라는 걸 알았을 때 확신했지. 아까 내가 읽어준 두루마리에는 분명 '그대들'이라고 적혀 있지 않았나."

대호는 지금 들은 모든 것을 지함에게 잘 설명하기 위해서 차분히 생각을 정리했다. 아무것도 이해되진 않았지만.

"거기까지는 알겠습니다. 많이 어렵긴 하지만 지함이에게 설명은 할 수 있을 것 같아요. 근데 아까 말씀하신 저에 대한 말씀은 뭔가요?"

"그 시대를 사신 어르신께선 참 많이 힘들고 벅차셨을 게야. 세상의 이치를 홀로 알고 계셨던 그분께서는, 세상의 수많은 비아냥과 비난을 받아내셔야 하셨을 것이네. 욕심만 좇았다면 훨씬 수월하게 사셨을지도 모르지. 그분은 마음을 나눌 벗 하나 없으셨다 하셨다네. 참 외로우셨을 거야. 그러니 이 시대의 지함 선생이 두 분이 되신 게 아니겠나."

노인은 대호가 들고 있는 《토정비결》을 가리키며 말했다.

"그걸 지함 선생에게 잘 전해주시게. 그리고 자네에게는 분명한 역할이 있네. 그리고 그 역할은 때가 되면 자연스레 다가올 게야. 두려울 수도 있고, 버거울 수도 있네. 그래서 내가 이렇게 부탁하네. 아무리 무거워도 버리지 마시게. 그리고 그분 곁을 끝까지 지켜주시게나."

대호는 아무런 대답도 할 수 없었다. 자신이 믿든 안 믿든, 이 모든 이야기와 물건들은 분명 지함에게는 필요할 것이다. 그럼 내 운명은 무엇일까? 심부름꾼? 그저 그들이 건네주는 그 물건들을 챙겨서 서둘러 지함에게 달려가는 것 말고는 내가 할 것이 없나? 그는 그들에게 인사도 하지 않은 채, 열린 현관을 통해 그곳을 벗어났다.

대호는 지함에게 달려가면서 이것이 자신의 운명이기 때문만은 아니었다는 걸 떠올렸다. 학창 시절부터 지함의 존재만으로 대호에게 도움이 되는 게 있었다. 지함은 자신에게 아무 미래도 이야기하지 않는 그 때문에 힘들었던 적도 있었지만, 그래서 더 헛된 희망이나 기대 없이 묵묵히 그 터널을 지나올 수 있었다.

대호는 자신의 스쿠터 앞에 서 있었다. 정작 지금 어디로 가야 하는지는 몰랐다. 키도 없는 스쿠터에 앉아 있는데, 바로 앞 편의점에서 알바생이 그에게 다가왔다.

"아까 친구분이 오시면 전해달라고 하셨어요."

"예? 아, 고맙습니다."

대호는 자꾸 처음 보는 사람들이 자기를 알아보는 게 이상했지만, 그가 내민 게 자신의 스쿠터 열쇠인 건 바로 알 수 있었다.

"그분이 강이 보이는 '카페 하버'라는 곳으로 오라고 했어요."

"감사합니다. 친구가 제 폰이 든 가방을 가져갔는데, 휴대폰 갖고 계시면 잠깐 검색 좀 해도 될까요?"

알바생은 '카페 하버'를 검색하고 휴대폰을 건넸다. 대호는 앱에서 주변 사진을 확인하는데, 알바생이 말했다.

"저기, 혹시 친구분 만나시면 제가 너무 감사하다고 전해주실 수 있을까요?"

"예?"

"제가 실은 오늘 정말 한계가 온 날이었거든요. 그런데 친구분 말씀 덕분에 많이 좋아졌어요. 그분 말이 틀릴지도 모르겠지만, 그래도 버틸 수 있을 거 같아요. 정말 고맙다고 꼭 전해주세요."

대호는 대신 인사를 받는 게 어색했지만, 그의 말을 기억하고 지함에게 전하기로 했다. 지함을 향해 진심으로 감사를 전하는 알바생을 보니 자신도 보람이 생겼다. 그리고 지함의 능력이 어떤 사람들에게는 아주 중요할지도 모르겠다는 생각이 들었다. 갑자기 찾아온 지함으로 인해 너무나 많은 것이 변해버려서 당황스러웠지만, 지함으로 인해 삶에 위안을 받는 사람들이 생긴다면 무엇보다 보람 있을 것이다.

대호는 시동을 걸고 지함이 향한 곳으로 출발했다.

'아차, 인천 무당은 또 누구야? 누군지 물어보는 걸 잊었네.'

10. 복수를 위해 살아온 아이

정우는 오로지 의대에 진학하기 위해 그 모든 고난을 이겨왔다. 인고의 시간을 보내고 서울대 의대에 합격하던 날, 자신의 합격증을 받고 눈물을 흘리시는 부모님의 모습을 보고 처음으로 모든 걸 잊을까 생각했었다. 말도 안 되는 사건으로 소중한 친구와 학창 시절까지 모두 날려버린 그였지만, 결국 그 시련이 자신을 이렇게 부모 앞에서 당당한 사람으로 만들어주었으니 말이다. 그래서 그는 마음의 분노를 버리고 다시 살아보기로 했다. 항상 검은 옷만 입고 다녔던 그는 어두웠던 옷장부터 모두 비웠다. 그리고 입학을 해서 맞이할 봄날을 기대하며 밝은 옷들로 옷장을 다시 채워 넣었다.

그리고 처음으로 학교에 등교하던 날, 그는 상처가 아직 아물지 않았다는 사실을 알 수 있었다. 저 멀리서 모든 사람의 시선을 빨아들이는 듯 화려한 옷을 입은 한 할머니가 빨간색 오픈카를 타고 들어오고 있었다. 그리고 그 옆자리에는 아주 오랜만이지만 한눈에 알아볼 수 있을 만큼 그의 머릿속을 가득 채우던 무표정한 함지가 앉아 있었다. 지금까지의 고난이 이렇게 찬란한 결과를 만들기 위한 것이었다고 억지로 끼워 맞춰 마음을 추스리던 정우는, 자신을 이렇게 만들고도 아무런 처벌도 받지 않고 같은 학교에서 마주치게 된 함지에게 치가 떨릴 만큼 분노를 느꼈다.

함지가 아무렇지도 않게 살아가는 꼴은 죽어도 볼 자신이 없었다. 그래서 어떻게 해서든 그녀를 다시 끌어내리겠다는 생각만 했다. 마음속에 분노의 감정이 쌓이면 쌓일수록 삶에 대한 집착도 점점 더 커지는 자신도 느낄 수 있었다. 정우는 자신의 삶은 망치지 않고 아주 철저하고 야비하게 그녀만을 공격하기로 했다. 자신은 이 모든 고난에 대한 보상으로 꼭 성공하고 말 거라는 욕심이 생겼기 때문이다.

정우는 함지에 대한 모든 것을 알아야 했다. 그는 지난 한 주 동안 함지를 주시했고, 그녀의 모든 일정을 파악했다. 집이 어딘지, 몇 시에 나서는지, 어디서 뭘 하고 뭘 먹는지까지 일거수일투족을 따라다녔다. 밤이 깊어지며 함지의 방에 불이 꺼지는 걸 지켜봤다. 학창 시절을 짓밟은 함지에 대한 정우의 집착은 끝도 없이 깊어지고 있었다.

함지에게 신입생 단체문자로 가장한 메시지를 보내서 메신저 아이디를 알아냈다.

[왜 아직도 살아있는 거야?]

[난 네가 그냥 죽었으면 좋겠어. 진심이야.]

[죽어버려. 악마 같은 년아.]

[내가 가서 죽여버리기 전에.]

정우는 함지가 캠퍼스를 가로질러 걸어가는 것을 멀리서 지켜봤다. 도서관으로 들어가는 함지와 안전한 거리를 두고 따라갔다. 함지가 책에 파묻힌 채 테이블에 홀로 앉아 있는 것을 발견했다. 그는 공부하는 척하면서 그녀의 뒤쪽 자리에 앉았다.

그는 그녀가 책장을 넘기는 소리를 들었고, 생각에 잠긴 모습을 지켜봤다. 어떻게 함지를 파멸시킬지 생각할 때마다 가슴이 뛰는 것을 느낄 수 있었다. 함지가 자리에서 일어날 때까지 기다렸다. 정우는 이미 함지가 집으로 가는 길을 알고 있었다.

하루는 함지가 그날따라 다른 길을 택했다. 집과는 조금 다른 방향이다.

함지는 근처 가장 높은 건물 옥상으로 올라갔다. 그리고 난간에 섰다. 드디어 함지가 스스로 파멸하는 순간이다. 정우의 가슴이 두근거렸다.

그때 함지의 전화 벨 소리가 울렸다.

"예, 맞는데, 누구시죠?"

'젠장, 다 됐는데. 도대체 어떤 놈이야?'

"무슨 일이야?"

전화를 귓가에 대고 통화하다가, 사진이 왔는지 화면을 넘기던 함지가 갑자기 눈을 커다랗게 뜨고 입을 꽉 다물었다. 뭔가에 씐 것처럼 움직이지도 못하는데, 정우는 도대체 무슨 일이 벌어지는 건지 알 수 없어 혼란스러웠다.

잠시 후 함지는 다시 평소의 무표정으로 돌아왔지만, 여전히 초점이 없는 눈으로 허공을 바라봤다. 잠시였지만 함지의 얼굴이 롤러코스터 한 열 번은 탄 것 같았다.

그렇게 한참의 시간이 지나자 함지는 지친 목소리로 말했다.

"이게 뭐야?"

"……."

"나한테 지금 뭘 한 거냐고. 뭘 했길래 나한테 이런 게 보이냐고."

"……."

"난 지금 온 세상이 다 지옥처럼 느껴져. 가만히 있어도 세상의 모든 불행이 다 느껴지는 것 같다고."

'그래, 나도 똑같았어. 모든 걸 새로 시작하려고 했는데, 네가 다시 나타나서 예전과 똑같아졌어. 도대체 나한테 왜 그러는 거

야?'

"……."

"도대체 이게 뭐야? 그것부터 말해."

함지는 사진 몇 장을 더 보는 것 같았다.

"이게 지금 말이 된다고 생각해?"

'말이 안 되지. 생각해보면 모든 건 네가 나한테 보낸 그 쪽지 때문이었어. 근데 어떻게 그걸 알게 된 거야? 뜀틀이 부서질 거라는 걸, 넌 어떻게 알았지?'

그때 함지가 소리질렀다.

"그래서 뭘 어쩌라고? 그 책으로 내가 너랑 같이 모든 사람의 미래를 알 수 있게 되면? 둘이 사이좋게 어디 점집이라도 차려? 이제 와서 오빠 노릇이라도 하려는 거야?"

상대가 지르는 소리는 수화기 너머 정우에게까지 들렸다.

"야, 이함지!"

"왜, 이지함! 지금까지 내 인생이 어떻게 망가졌는지 넌 아무것도 모르지?"

정우는 갑자기 혼란스러워졌다. 친구가 탁구선수의 꿈을 잃은 뒤부터 지금까지 함지에 대한 분노를 키워왔다. 뜀틀 사건 때 분명 함지는 알고 있었다. 그뿐만 아니라 주변 다른 사람들의 불행을 모두 알고 있었다. 분노에 휩싸여 있을 때는 함지가 불행한 일을 만든다고만 생각했다. 말도 안 되는 일이지만 그 한 가지만 맞추면 모든 게 말이 된다.

'함지는 미래를 볼 수 있어. 그 책으로.'

함지는 건물 옥상 난간에서 내려왔다. 그리곤 어디론가 떠났다. 정우는 지금까지처럼 함지를 따라나섰다. 정우에겐 함지의 최후를 보지 못한 억울함이 남았다. 분노를 담아 함지의 전화로 메시지를 보냈다.

[어딜 도망가?]

[이제 날 괴롭히지 마. 내가 그런 게 아니야. 이제 그런 거 다 사라질 거야. 내가 다 없애버릴 거야.]

도대체 무슨 말인지 전혀 이해되지 않는, 이상한 답장이었다. 없애버리겠다니.

정우는 차분히 생각을 정리했다. 함지는 혼자다. 아무도 그녀와 함께하지 않는다. 그리고 자신이 보낸 저주의 문자들을 받았다. 그녀가 누군가에게 분노한다면 나일 것이다. 그런데 지금 극단적인 선택을 하려다 말고 전화를 한 통 받고 어디론가 떠나며, 없애버리겠다고 했다.

'없어져야 하는 건 넌데?'

서둘러 내려가 택시를 잡아타려는 함지를 발견했다. 그때 문득 함지가 뒤를 돌아 정우를 바라봤다. 어두운 가운데 표정은 읽을 수 없었지만, 서로를 알아볼 수는 있었다. 잠시 멈칫한 함지는 택시를 타고 출발했다.

[네가 나한테 미안해하는 거 알아. 네가 지금 무슨 마음인 줄도 알고. 아직 널 용서할 수는 없겠지만, 이제 너를 모른 척하며 살 수는 있을 것 같아.

그 책을 나에게 주면 말이야.]

정우는 돌려 말하지 않았다. 함지는 지금 그 책을 가진 오빠를 만나러 가고, 함지는 그 책을 없애려 한다. 그렇다면 그 책은 최대한 빨리 자신이 확보해야 한다고 생각했다. 지금 그에게는 그 책만이 자신의 모든 고통을 보상받을 수 있는 유일한 방법이라고 생각했기 때문이었다.

[남의 불행을 미리 알 수 있는 것이 너에게는 고통일 수 있겠지만, 나에게는 사람을 살릴 기회가 될 거야. 나한테 줘. 넌 나에게 넘기고 이제 그만 편하게 살면 돼. 나도 널 잊어줄게.]

함지는 알게 되었다. 정우가 자신을 지켜보고 있다는 사실을.

'미안해. 정말 미안해.'

지금까지 수만 번도 더 하고 싶은 말이었다. 그 말로 해결될 수 있는 일이었다면, 그럴 수만 있었다면 함지는 그 사건 이후 오직 미안하다는 말만 하며 살아왔을지도 모른다. 하지만 함지는 그럴 수 없었다. 혹시라도 그의 불행이 느껴질까봐. 자신이 머릿속에 그의 이름을 떠올리는 것만으로도 그의 불행들이 보일까봐. 그래서 그의 몫이 아닌 불행까지 그에게 찾아갈까봐. 함지에게 그의 이름은 머릿속으로 떠올려서도 안 되는 이름이었다.

함지는 혼란스러웠다. 그녀가 지함의 계획에 동의한 건 자신이 다시 평범하게 살아갈 수 있을 것이라는 희망 때문이었다. 하지만 자신이 정말 아무렇지 않게 살아가기 위해서는 정우에 대한 죄책감부터 털어내야 한다는 사실도 너무 잘 알고 있었다. 만약 정말 모든 일이 계획대로 돼서, 자신의 능력이 사라지고 정우가 좋은 의사로 살아갈 수만 있다면 모두가 바라는 완벽한 결말이라고 생각했다.

하지만 함지가 정우에게 그 대답을 하지 못한 이유는 지금 본 정우의 미래 때문이었다. 지금 함지가 느낀 정우의 불행은 스스로의 욕심 때문에 벌어지는 일들이었다. 그녀가 본 그의 미래에는 성공에 대한 집착과 권력에 대한 욕망에 점점 더 썩어들어가는 모습으로 가득했다. 정우는 분명히 아주 유명한 의사가 되지만, 점점 더 많은 것들을 바라고 집착하게 된다. 그런 모습이 떠오르자 더 이상 정우의 삶에 새로운 변수가 되지 않기로 했던 다짐이 더 확고해졌다. 이제 함지가 해야 할 일은 분명했다.

'그 책을 없애버려야 해!'

11. 우리들은 어쩌다가

지함은 택시를 타고 가는 동안 그저 창밖으로 펼쳐지는 한강을 바라보며 이런저런 생각을 했다. 우리들은 어쩌다가 이런 능력을 갖게 된 걸까? 함지는 사람들의 불행만 보는 삶을 어떻게 버티며 살아왔을까? 좋은 것만 보는 나도 이렇게 망가졌는데, 나쁜 것만 보는 함지에게 좋은 일이 있긴 할까? 우리 가족은 왜 1년에 한 번씩만 만나면서 살아가는 걸까? 《토정비결》 진본을 가지고 우리 능력을 모으면 미래를 확실하게 알 수 있을까? 확실하게 미래를 안다고 해서, 미래를 바꿀 수도 있는 걸까? 과연 무조건 좋은 걸까?

그렇게 생각이 꼬리에 꼬리를 물고 이어지다 보니, 자신이 그동안 얼마나 성의 없이 살아왔는지를 느꼈다. 항상 큰 고민 없이 말하고 다녔던 사람들의 미래가, 자신의 한마디로 인해 달라질 것을 생각하니 소름이 돋았다. 미래를 물어보는 사람들에게 자신은 책임을 지지 않는다고 말하지만 그건 비겁한 책임회피일 뿐, 사람들은 미래를 안다는 게 어떤 의미인지 모른다.

법적으로든 도의적으로든 큰 책임이 되지는 않지만, 그럼에도 불구하고 자신이 사람들의 미래를 바꾸고 있었다는 사실에 점점 더 마음이 무거워지는 것도 사실이었다. 그런 생각들이 하다가 또 하나가 생각났다.

문득 대호가 걱정되기 시작했다. 누군가 안에서 대호를 가두었다면 납치당한 것이고, 대호가 원래 하려던 대로 《토정비결》 진본을 가져온다면 절도를 저지른 것이다. 어느 쪽이든 대호에게 좋은 일이 아니다.

그렇게 머릿속으로 대호 걱정을 하자, 대호의 미래가 느껴졌다. 대호가 스쿠터를 타고 가는데, 지함이 지나가는 이 길과 풍경이 똑같았다. 그러니까 잠시 후에 대호가 바로 이 길을 지난다는 것이었다. 그런데 대호의 뒤에는 검은 차량도 몇 대 보였다. 대호의 미래에 대한 이미지 속에 커다란 검은 차가 그의 뒤를 쫓는 모습이 보였는데, 그 모습이 느껴지니, 심장이 미친 듯이 뛰기 시작했다.

지함이 타고 있는 택시가 주택가로 빠져나가는데 멀리 보이는 갈림길 오른쪽에 하수도 공사를 하는 곳이 보였다. 지함은 자신이 할 일이 생각났다.

“기사님, 저 공사장 앞에서 세워주세요!”

택시는 사람이 다니지 않는 한적한 주택가 2차선 도로에 멈춰 섰다. 계산을 하면서 택시면허에 있는 기사님의 이름이 눈에 들어왔다.

“기사님, 이쪽으로 바로 출발하셔서 꼭 좌회전을 하세요. 아마 거기서 장거리 손님을 한 분을 태우실 거예요. 그리고 따님은 이번 달에 취직하실 거예요. 그러니까 너무 걱정하지 마세요.”

기사는 지함의 말에 어리둥절했지만, 그냥 자주 보는 이상한 손님이겠거니 했다.

지함은 아무에게나 미래를 알려주지 않겠다고 생각했지만, 진본을 본 이후 능력이 갑자기 강해진 뒤로는 누군가의 미래가 느껴질 때마다 자신도 모르게 미래를 말해줬다. 지함은 어쩌면 세상을 바꿀지도 모를지도 모른다는 생각에 빠져있었다.

한 10분 정도 지났을까. 멀리서 대호의 스쿠터가 보였다. 지함은 바로 길로 뛰쳐나가 손을 흔들었다. 대호도 지함을 알아보고 뒤에 태웠다.

“근데 어떻게 알았어? 내가 이리로 올 거?”

“네 미래에서 봤어. 아마 거기서 잘 빠져나오고, 날 만나는 게 좋은 미래인가 보지.”

"진짜? 근데 누가 쫓아오는 거야?"

"우선 정신없으니까 좀 따돌리고 말하자!"

지함과 대호는 한동안 아무 말도 하지 않고, 스쿠터를 타고 달렸다. 대호는 스쿠터를 골목으로 몰아서 최대한 많은 골목을 누비며 달렸다.

"오늘 하루가 왜 이렇게 기냐?"

"그러니까."

"근데 진짜 웃긴 게 뭔지 알아? 너랑 나랑 만난 게 지금 6시간도 안 됐어."

"이게 무슨 일이냐? 이 상황이 웃기다고 해도 되냐?"

"그러게."

"혹시 네 동생한테도 무슨 일이 생기는 건 아니겠지?"

"거길 아는 건 우리밖에 없잖아. 통화로 얘기하지도 않았고."

"그럼 우선 잠깐만 세울게."

대호는 자신을 쫓는 무리를 따돌렸다고 생각해서, 주택가의 한 빌라 주차장으로 들어가 스쿠터를 세웠다.

12. 마지막 베팅

두목은 처음부터 태혁을 믿지 않았다. 차라리 태혁이 자신의 돈을 완벽하게 빼돌려서 어디론가 도망을 가기라도 했으면 박수치며 그를 용서했을지도 모르겠다. 그것도 능력이니까. 하지만 조직의 돈을 빼돌린 것도, 그걸 말도 안 되는 곳에 투자한 것도, 그 투자 실패를 이상한 미신의 힘으로 회복하려 한다는 것도, 어느 하나 마음에 드는 게 없었다. 두목은 사업가다. 비록 불법적인 일들로 돈을 벌지만, 방법이 다를 뿐 궁극적인 목표는 결국 돈이다. 그에게는 권력도 중요하지 않았다. 자신이 그 자리까지 올라오면서 수많은 정치인의 뒤를 봐줬지만, 결국 끝까지 남아 있는 건 자신이었기 때문이다.

태혁이 자기 사람을 따로 부리기 시작할 때, 두목은 이미 그를 지켜보고 있었다. 태혁의 행동에는 너무나도 많은 빈틈이 있었고, 쓸데없이 돈과 시간을 낭비하고 있었다. 태혁은 전혀 눈치채지 못했지만, 태혁이 부리는 부하들은 이미 모두 두목의 지시를 따르고 있었다. 태혁이 아는 것은 두목도 알았다. 두목에겐 불가능한 일은 없다. 단지 시간이 걸릴 뿐.

인사동 편의점에는 두목이 직접 찾아갔다. 어차피 시간이 흐르면 모두 알게 될 것들이었지만, 자신이 직접 가면 조금이라도 빨리 확인할 수 있기 때문이다.

"거기 알바생. 내가 물어볼 게 있는데, 대답을 잘해야 해요. 어려운 질문은 아니니까 겁먹지 말고. 대답만 하면 나는 그냥 조용히 나갈 거야."

알바생은 갑자기 무서운 사람들이 나타나자 울먹이는 표정으로 변했다.

"왜 울려고 그래? 내가 뭐 했어? 괜찮아. 우린 일반인들은 안 건드려요. 걱정하지 말고 묻는 말에 대답만 해. 알았지?"

두목은 최대한 정중하고 상냥한 말투로 말했지만 이미 협박이나 다름없었다.

알바생은 겁먹은 채 고개만 끄덕였다. 누구보다 큰 위안을 줬던 고마운 사람을 배신하고 있다는 죄책감이 들었지만, 눈앞의 폭력 앞에서는 아무것도 할 수 없었다. 그런데 알바생이 정말 비굴하게 모든 것을 털어놓자, 이상하게 죄책감이 사라졌다. 그리고 곧 그렇게 미래를 잘 아는 지함이 자신이 이렇게 당하게 될 걸 왜 알려주지 않았는지 분노가 치밀었다.

두목은 알바생을 통해 지함과 대호가 어디로 향하는지 알아냈다. 아직 아무런 연락도 없는 태혁을 떠올리며 그의 무능력함을 다시 한번 절감했다. 두목은 이제 태혁이 필요 없어졌다. 그에 대한 처분은 그렇게 급한 게 아니다. 지금 상황으로는 태혁은 어차피 도망도 치지 못할 것이기 때문이다. 더 이상 쓸모없는 사냥개에게 먹이를 줄 필요도, 묶어둘 필요도 없는 것이었다. 두목은 어딘가에 전화를 걸고 한마디만 한 채 끊었다.

"태혁이한테 있던 애들 빼라."

태혁은 부하들과 지함을 쫓던 차 안에서 갑자기 내던져졌다.

"뭐 하는 거야! 야!"

"미안합니다, 형님. 나도 이러기는 싫은데, 그러니까 잘하지 그랬어."

존댓말이 반말로 변하니 배신감이 들었다. 하긴 배신을 한 건 태혁 자신이 먼저이니 할 말도 없었다. 그 순간 바로 알 수 있었다. 지금 자신이 버림받았다는 것을. 태혁은 아주 잠깐 망설였다. 도망칠까? 하지만 갈 곳도 없었다. 경찰에게는 도망쳐도 두목에게서는 도망칠 수 없다. 도망치는 만큼 더 괴로운 최후를 맞이할 뿐이다.

태혁은 복잡한 머리를 최대한 굴려야 했다. 그래, 아직 마지막 카드가 있다는 걸 떠올렸다. 우선 자기 휴대폰 전원부터 껐다. 그리고 주머니에 있는 액정이 깨져버린 휴대폰을 꺼냈다. 지함이 버리고 간 대포폰이다. 휴대폰 뒷면에는 전화번호가 적힌 포스트잇이 하나 붙어있다.

거리에 버려진 태혁은 카지노에서 가진 칩을 모두 잃고 모두 포기하려는 그때 길바닥에 떨어진 칩을 하나 주운 기분이 들었다. 이 칩을 걸고 마지막 배팅을 할 수 있다. 태혁은 대호의 휴대폰 판매점에서 챙긴 대포폰으로 어딘가에 전화를 걸었다.

13. 살려는 줄 건데

대호는 지함에게 자신이 들은 이야기를 모두 해줬다. 지함은 무엇 하나 이해되는 게 없었다. 하지만 알 만한 사람이 하나 있긴 했다.

"인천 무당?"

"어, 그 사람이 훔친 것 같다고 했어. 누군지 알아?"

"어쩌면…… 우리 외할머니일지도 몰라."

"너희 외할머니가 이 책을 노리고 있다고?"

대호가 《토정비결》 진본을 건넸다. 처음 봤을 때 이상한 경험을 해서 떠올라서 잔뜩 겁먹은 채 책을 받았는데, 이번에는 아무렇지도 않았다.

"이번엔 괜찮은가 보네?"

"아무렇지도 않아. 그냥 책이야. 역시 함지랑 같이 봐야 할 것 같아."

대호는 이제 어떻게 해야 할지 몰라 극도로 예민해졌다. 그런데 그런 대호의 모습을 지켜보던 지함이 갑자기 대호에게 어깨동무를 했다.

"쫄지 마. 나 이지함이야. 아무 일도 없을 거야."

"무슨 근거로?"

"그냥 내 느낌? 이래 봬도 나 미래를 보는 남자라고. 그것도 긍정적인 밝은 미래만. 근데 뭐가 걱정이야?"

"야. 너 지금 웃음이 나오냐? 넌 지금 상황이 파악이 안 되는 거야?"

대호는 이제야 다시 생각났다. 대호가 지함과 친해지게 된 이유가. 계속해서 한없이 안 좋은 일만 생기던 자신의 삶에, 그는 머리에 스치는 바람마저도 짜증이 나던 시기가 있었다. 그런데 이놈은 하루 종일 웃고 있었다. 언제나 교실 창가의 맨 뒷자리에서, 항상 창문을 열고 바람을 맞으며, 하루 종일 싱글거리고 있었다. 처음에는 그 모습을 볼 때마다 배알이 꼬여서 사사건건 싸움을 걸었다. 하지만 지함은 싸움이 안 되는 놈이었다. 자신이 짜증을 부리면 창문을 닫아주고, 화를 내면 사과를 했다.

자신에게는 절대 나올 수 없는 저 여유가 너무 부러웠다. 그리고 그런 여유를 부릴 수 없을 만큼 비참하게 상황이 달라졌을 때도 지함은 웃고 있었다. 그 속없어 보임이 대호를 끌어당겼는지도 모르겠다. 그래서 아무도 지함의 옆자리에 앉기 싫어했을 때, 대호가 웃으며 그 자리에 앉았던 것이다. 지함의 웃음을 흉내 내면서 말이다.

그때 갑자기 대호의 가방에서 진동이 울리기 시작했다. 순간 지함과 대호는 그대로 몸이 굳었다. 지금 자신들에게 전화가 올 곳은 없었다. 가방을 뒤져서 진동이 오는 전화기를 찾은 대호는 처음 보는 번호로 걸려오는 전화에 긴장했다. 둘은 말없이 그 진동소리를 듣다가, 지함이 전화를 받았다.

"여보세요?"

"점쟁이 새끼, 전화 빨리 안 받아? 형 목소리 처음 듣지?"

"예?"

"형이 너 찾는다고 했잖아. 그건 그렇고, 박태혁, 841223, 오후 3시. 뭐가 보여? 너 이제 더 잘 본다며? 이제 내 미래에 뭐가 보이냐고!"

그의 말대로 처음 듣는 목소리지만 누군지는 분명히 알 수 있었다. 하지만 그가 누구인지 떠올리기도 전에, 지함은 자신도 모르게 그의 미래를 봤다. 지함에게 보여지는 태혁은 부하들에게 떠밀려 차에서 떨어지고, 길에 홀로 남겨진 그가 자신과 통화를 하고, 지함 자신과 만났다. 그리고 함께 어느 공장으로 들어가는 모습이었다.

"아저씨는 배신당하기라도 했나봐요?"

"그 진본이라는 게 진짜 물건이긴 하네. 너 내 말 잘 들어. 내가 최대한 너를 빨리 잡아서 정리하려고 했는데, 네가 너무 시간을 끌었어. 나 혼자 해결할 수 있는 상황을 넘겨버린 거지."

"그게 무슨 소리예요?"

"이제 너희들을 쫓는 건 내가 아니야! 우리 조직 두목이지. 그 새끼가 왜 두목인 줄 아냐? 나보다 더 독하고, 나보다 더 잔인해서 그래. 나는 보이스 피싱이지만 그쪽은 사람 배 가르는 장기 밀매라고. 그러니까 이제 너는 대충 넘어갈 수 있는 상황이 아니라니까?"

"그 사람이 나를 왜 쫓아와요?"

"나야 돈 잃은 거 너한테 화풀이 좀 하는 걸로 끝났을 텐데, 두목은 달라. 아마 너희들이 그 새끼한테 잡히면 진짜 묻어버릴지도 몰라."

"그래서 어쩌라고요. 다 당신 때문이잖아! 내가 분명히 책임 안 진다고 했죠? 결과는 다 본인 책임이라고 분명히 말했잖아요!"

지함은 애써 긍정적으로 생각하려고 했지만, 뻔뻔한 태혁의 전화에 폭발하고 말았다. 하지만 화를 내면서도 자기 말이 말도 안 된다는 건 알고 있었다. 알바생에게 그의 탓이 아니라고 말해준 것처럼, 이 모든 우연도 태혁의 탓은 아니란 걸 이미 알고 있었기 때문이다.

"그래, 그러니까 내가 책임지겠다고. 네 말대로 다 나 때문에 시작된 거니까, 내가 마무리 짓겠다고 전화한 거야."

"어떻게 할 건데요?"

"너희들을 안전한 곳에 숨겨줄 수는 있지. 잘하면 네 동생을 만나게 해줄 수도 있고. 그리고, 야. 너 솔직히 말해. 너 나한테 뭐 보였어? 뭔가 보였을 거 아냐. 내가 괜히 너한테 전화하자마자 내 미래를 보라고 했을 것 같냐? 너 어차피 좋은 것만 보잖아. 그래서 너한테 테스트해본 거야. 나에 대해 아무것도 안 보였다면, 너나 나나 더 이상 희망도 없는 거잖아. 근데 넌 뭔가를 봤어. 뭘 본 거야? 어?"

지함은 자신의 행동에 대해 정확하게 파악하고 있는 태혁의 말에 깜짝 놀랐다. 그리고 지금 이 상황에서 자신에게 원한을 가지고 있는 이 사람을 믿고 말을 해줘야 할지 확신이 서지 않았다. 하지만 지함과 대호도 코너에 몰려 있었다. 태혁과 지함 자신이 같이 있고, 그게 태혁에게 좋은 일이다. 하지만 그게 자신에게도 좋은 일일까?

"아저씨가 부하들한테 버림받는 게 보였고, 지금 이렇게 저랑 통화하는 게 보였고, 우리랑 같이 어떤 공장 공사장에 들어가는 게 보였어요."

"역시……."

"예?"

태혁은 지함의 말을 듣자마자 앞으로 뭘 해야 할지 확신이 들었다. 그리고 어쩌면 이것이 진짜 자신에게 남은 마지막 기회일 거라는 생각이 들었다. 그래서 어떻게 해서든 지함과 함께 그곳에 가야만 했다.

"너희는 지금 너희 쫓아다니는 놈들이 무섭지?"

"무섭다기보다는……."

"그래, 그냥 이런 상황이 처음이니까 불안했다고 해줄게. 맞지?"

"예……."

"두목은 몰라도 그 밑에 애들은 무조건 애송이야."

"예?"

"너 몇 살이야?"

"스무 살이요."

"그렇지? 조직이라는 애들 나이가 서른이겠냐, 마흔이겠냐? 다 너희랑 비슷비슷해. 기껏해야 얼마 전까지 고삐리였던 애송이들이야. 무섭다고? 앞뒤 안 가린다고? 진짜 그럴까? 그냥 너희가 만만한 거야! 만만한 사람들한테만 강한 거라고. 그런 새끼들은 진짜 감이 빨라서 딱 알아. 지들이 이길 수 있는 상대인지 아닌지. 처음부터 이길 수 없을 것 같으면 쪽도 못 쓴다고. 내가 그놈들 처리해줄게. 그리고 너희들 다 보호해줄게."

"우리한테 뭘 바라는 건데요?"

"난 그냥 돈 적당히 벌어서 그냥 휴양지에서 팔자 편하게 사는 게 꿈이거든? 일 끝나면 너희도 편하게 살면 돼."

"아니 그래도……."

"이 개새끼야! 지금 너희들이나 나나 다른 선택지가 있다고 생각하냐? 먼저 살고 보자고! 그러고 나서 어떻게 할지 나도 더 생각해 볼 테니까. 지금 확실한 건 이대로 가다가는 다 같이 좆되는 거라고!"

옆에서 듣고 있던 대호의 생각에도 지금 현재 다른 방법은 없었다. 적어도 그곳으로 가려면 한 명이라도 사람이 더 많은 것이 유리하다고 생각했다. 대호는 지함에게 시키는 대로 하자고 눈치를 줬다.

"좋아요. 그럼 저희가 어떻게 하면 될까요?"

"우선 나 좀 보자. 네가 본 거기 어디인지 알아. 내가 알려주는 주소로 가. 문자로 보낼게. 혹시 5분 이내에 누군가 따라붙는 거 같으면 무조건 반대편으로 도망가. 알았지?"

지함은 여전히 태혁의 말을 믿어야 할지 혼란스러웠지만, 그래도 다른 방법이 없었다.

"나는 20분이면 도착하니까 바로 와."

지함과 대호는 태혁이 시키는 대로 했다. 그대로 하면서도 불안하기는 했지만 상황이 이래서 어쩔 수는 없었다.

"지금이라도 경찰에 신고해야 하는 거 아니야?"

"뭐라고 해? 네가 미래를 보는데, 앞날 알려줬다가 주식 망한 조직폭력배가 우릴 쫓아온다고? 그 사람이 네 휴대폰을 해킹해서 우리가 하는 걸 다 알고 있다고? 그래서 대포폰 만드는 내 사무실 폰을 다 훔쳐서 도망치는 중이라고? 그러다 우연히 《토정비결》 진본을 얻어서 갖고 있다고?"

지함과 대호는 스쿠터를 타고 태혁이 말한 주소로 갔다. 지함과 대호보다 먼저 도착한 태혁은 공사가 멈춰진 공장의 입구에서 불빛이 새어 나오는 위층을 보고 있었다. 공장에서 조금 떨어진 곳에서 내려 조심이 걸어오던 지함과 대호는 뒷모습만 봐도 태혁을 알아봤다.

태혁은 어느새 뚜벅뚜벅 걸어와 지함의 멱살을 잡았다. 그러자 대호도 깜짝 놀라서 그대로 달려들어 태혁의 팔을 잡았지만 그는 꿈쩍도 하지 않았다.

"드디어 얼굴을 보네. 반갑다, 새끼야!"

"아까 약속하고는 다르잖아요."

"너, 나보고 조까라고? 새끼야. 내가 너희들 보호해준다고 했지, 안 때린다고는 안 했잖아."

태혁에게 멱살을 잡혀 힘들어하는 지함과 그에 팔에 매달려 힘을 쓰고 있는 대호를 태혁은 실핏줄이 터질 듯이 눈에 힘을 주며 노려봤다. 태혁은 막상 자기 삶을 망쳐놨다고 생각한 지함이 눈앞에 나타나자 참을 수가 없었다. 다만 그에게는 두목의 무리도 신경이 쓰이니 어쩔 수 없이 힘을 풀 수밖에 없었다.

"네가 미래를 알려준 덕분에 내가 뭘 해야 할지 감이 좀 잡히거든? 내가 너를 살려는 줄 건데, 멀쩡할 거라는 약속은 못 해. 그러니까. 어디 하나 분질러지고 싶지 않으면, 앞으로 내가 시키는 대로 잘해라."

"역시 보이스 피싱답네."

"한 대 처맞을래?"

"아뇨."

지함과 대호는 얼떨결에 대답을 하고 말았다.

14. 은신처라는 은신처

"아저씨, 저 여기서 세워주세요."

함지는 자신의 지갑에서 현금을 꺼내서 5만 원짜리 2장을 건넸다. 요금보다 많은 돈을 받은 기사는 당황했다. 돈을 건네다 조수석 앞에 붙은 택시면허를 본 함지는 잠시 멈칫하더니, 거기에 5만 원짜리 2장을 더 건넸다.

"너무 많이 주셨는데……."

"기사님, 제가 부탁을 드리고 싶어서 더 드리는 거예요. 오늘은 일 그만하시고 집에 들어가세요. 집에 가는 길에 치킨이나 한 마리 사서 가족분들이랑 기분 좋게 드시면 좋겠어요."

"아니, 지금 무슨 말을 하는 거예요?"

"기사님, 기분 안 좋은 날엔 술 드시지 마세요. 우선 오늘부터 잘 넘겨보세요. 오늘 또 술 드시면 진짜 큰일 나요. 그러니까, 오늘은 꼭! 속는 셈 치고, 네?"

기사는 함지가 도대체 무슨 말을 하는 건지 이해할 수가 없었지만, 어쨌든 공돈이 생겨 기분이 좋아졌다. 왠지 마지막 말이 딸이 자주 쓰는 말투인 게 거슬렸지만, 이 기분이라면 오늘은 그냥 집에 돌아가도 좋을 것 같았다.

함지는 시간이 얼마 없다는 생각에 하고 싶은 말만 하고 바로 택시에서 내렸다. 그리고 심호흡을 한 뒤, 휴대폰을 들었다. 전화기 너머로 신호음이 들리자마자 상대는 전화를 받았다.

"엄마, 일이 좀 생겼어."

"함지야, 무슨 일인데?"

함지는 지금까지 있었던 모든 일을 엄마에게 말했다. 엄마는 그 일들을 들으면서도 큰 감정의 기복이 느껴지지 않았다.

"함지야, 잘 들어. 우선 카페 정문에 있는 현관 오른쪽으로 돌아가면, 지하로 들어가는 계단이 있을 거야. 그 계단으로 들어가면 철문이 하나 나오는데, 도어락으로 잠겨 있을 거거든. 비밀번호는 너희들 생일이야. 우선 거기에 들어가 있어."

"어?"

"거기 이름이 카페 하버인데, 은신처라는 뜻이잖아. 거기가 정말로 엄마 아빠의 은신처야. 그러니까 거기 들어가 있어."

"그럼 지함이는?"

"네가 거기 있으면 아무것도 못할 거야. 그러니까 나머지는 엄마랑 아빠가 해결할게."

"엄마 아빠도 오게?"

"그럼, 가야지. 우리 가족 일인데."

엄마와의 통화가 끝나고 카페로 향했다. 은신처 이름을 은신처로 지은 셈이니 허술하다고 해야 할지 아재개그라고 해야 할지 모르겠다는 생각을 하며, 함지는 도착하자마자 주변을 둘러봤다. 다행히 아직은 아무도 오지 않은 것 같았다.

엄마가 시킨 대로 현관을 돌아가 보니 정말 지하실로 내려가는 계단이 보였다. 꽤 오랫동안 이곳에 왔다고 생각했고, 이 주변은 모두 알고 있다고 생각했지만, 이곳에 지하실이 있는지는 몰랐다. 이곳에 공간이 있었다는 사실이 함지는 너무 신기했다. 함지는 그렇게 떨리는 마음으로 지하실로 들어갔다. 정말 자신들의 생일을 누르자 도어락이 열렸다.

그리고 그 안은 바깥에서 보이는 카페 모습과는 완전히 딴판이었다. 자신이 사는 집과는 전혀 다른 분위기의 포근한 가정집이 있었고, 강으로 향하는 쪽에는 아주 커다란 창이 흐르는 강을 그대로 보여주고 있었다. 생각해보니 이 카페를 왔을 때, 1층이 인근의 다른 건물들보다는 위치가 반층 정도 높았고, 1층과 테라스 앞쪽에는 바로 낭떠러지였기 때문에 펜스가 쳐 있었다.

어쩌면 그 펜스의 존재가 안전보다는 이 공간을 숨기는 것에 더 큰 목적이 있었다는 것을 알 수 있었다. 벽에는 온통 자신과 지함의 사진이 빼곡히 걸려 있었는데, 아주 아기일 때부터 아주 최근의 사진까지 다양하게 걸려 있었다. 심지어 매년 가족이 모일 때마다 같은 배경으로 사진을 찍었는데, 그 사진들도 한해도 빠짐없이 붙어 있는 것을 보니, 뭔가 신기한 느낌이 들었다. 그런데 함지가 이곳에서 제일 신기했던 것은 이곳의 상태가 바로 오늘까지도 누군가가 있었던 것 같다는 것이었다. 냉장고 안에 있는 음식들도 오래되지 않았고 싱크대에 물기도 남아 있는 것을 보면, 불과 몇 시간 전에도 여기 누군가가 있었던 것 같았기 때문이다.

그때 어디선가 전화기가 울리기 시작했다. 소리가 나는 곳으로 가보니 거실 테이블에 무선 전화기 한 대가 놓여 있었다. 울리는 전화기를 받으니 엄마의 목소리가 들려왔다.

"들어왔구나."

"엄마, 여기 뭐야? 엄마 여기 살아?"

"은신처라고 했잖아. 가끔 들르는 곳이야."

"아빠랑? 그럼 우리는?"

"그건 이유가 있어. 말이 좀 길어지니까. 우선 할 일부터 하자."

"뭘 해야 하는데?"

"화장실 옆에 복도 보이니?"

"응."

"그 옆으로 가봐. 그러면 작은 문이 하나 나올 거야. 거기 들어가 봐."

방에 들어가서 보니 그곳은 카페 전체를 CCTV 모니터로 볼 수 있는 관리실이었다. 밤이어서 녹색빛으로 보이고 있는 화면들은 층별로 카페의 공간부터 주차장과 테라스까지 골고루 비추고 있었고, CCTV 각도를 조종할 수도 있었다.

"거기 컴퓨터로 카페의 보안부터 조명이랑 음향 관리도 다 가능하거든. 그걸로 최대한 영업하는 것처럼 다 켜놔."

"왜?"

"어차피 와서 다 잠겨 있으면 부수고라도 들어 올 거야. 괜히 그러면 지함이가 오히려 위험해질 수도 있어. 차라리 이곳으로 들어오게 하는 게 나아."

"알았어. 엄마는 오는 길이야?"

"응. 그런데 엄마는 좀 걸릴 거야. 아마 네 외할머니가 먼저 올 거니까. 외할머니 오셔도 나오지 말고 거기 숨어만 있어."

"외할머니가 여길 왜 와? 어쨌든 알았어."

"거기서 보고 있다가 무슨 일 생기면 바로 전화해."

"어."

엄마와의 전화를 끊고 함지는 엄마의 말대로 조명을 켜고 잠금장치들을 해제하고 음악도 틀어놨다.

함지는 마치 그동안 자신이 알고 있던 엄마와, 이곳에 사는 엄마가 마치 다른 사람인 것 같다는 생각이 들었다.

그런 생각을 하고 있을 때 주차장에 검은색 차들이 들어왔다. 내린 인원들만 20명이 넘었다. 마지막 차에서 내린 남자는 주변 사람들의 반응으로 봐서 두목이 분명했다. 그 두목은 내리자마자 어디선가 들려오는 전화를 받고는 한참을 통화하다가 카페로 들어갔다. 두목의 지시에 따라 사람들이 건물을 샅샅이 뒤지기 시작했고, 몇 명은 밖으로 나와 테라스와 건물 주변에 있는 다른 건물들까지 뒤지기 시작했다.

함지가 느끼기에는 자신을 찾는 건지, 지함을 찾는 건지 구분이 되지는 않았다. 다만, 이대로 이곳에 있어야겠다는 생각은 더 확실해졌다. 잠시 후 아무것도 찾지 못한 사람들은 다시 두목 앞으로 모였고, 두목은 또 어디론가 전화를 걸었다.

그런데 그때 주차장으로 바이크 한 대가 들어왔다. 그는 빈손으로 그 두목 앞으로 걸어갔고, 모두가 그를 아는지, 아무도 막지 않았다.

15. 너무 늦은 용서

[정우야. 네 탓이 아니야. 당연히 그 애 탓도 아니고. 그냥 사고잖아. 쉽지 않겠지만, 나는 절대 포기하지 않을 거야. 그러니까 너도 너 좀 그만 망가트려. 난 진짜 괜찮으니까.]

정우는 복수의 기회를 놓치지 않으려고 민우를 부르려 했다. 하지만 민우와 연락한 마지막 문자는 바로 이런 내용이어서, 민우가 과연 자신을 도와서 함께 복수를 할지 의문이 들었다. 민우는 함지 때문에 선수 생명이 끝났다. 하지만 그 상황 자체를 받아들이고 사고를 그저 자신이 이겨나가야 할 시련이라고 말했다. 하지만 정우는 민우가 당당하고 밝을수록 가슴이 더 찢어지는 것 같았다. 정우는 그 문자를 한참 보다가 통화버튼을 눌렸다.

“정우야!”

6년 만에 듣는 민우의 목소리는 여전히 밝았다. 민우는 여전히 자기 번호를 저장하고 있고, 자신의 전화를 기다리고 있었다는 것이 그 첫마디로 모두 느껴졌다.

“민우야.”

“야, 너 서울대 의대 갔다며! 너 진짜 멋있다. 내가 우리 팀에 네 얘기 얼마나 많이 하는 줄 알아?”

“팀?”

“너 진짜 나 잊고 살았구나? 나 탁구 그만두고 축구해. 그때 팔 다치고 나서 팔에 깁스도 안 풀고 바로 테스트 봤어. 너 알잖아. 내가 원래 풋워크가 예술이었으니까. 그래서! 이번에! 이 형님! 프로축구단에 입단했다!”

“뭐라고? 프로축구?”

정우는 정말 깜짝 놀랐다. 자신 때문에 꿈이 망가지고, 인생도 끝났다고 생각한 민우가 자신의 생각과는 다르게 새로운 꿈을 찾았었다. 그리고 과거는 전혀 상관없다는 듯이 말도 안 되게 그 꿈을 다시 또 이뤄버린 것이다. 정우는 지금까지 살아온 자신의 삶이 너무 바보처럼 느껴지기 시작했다. 자신은 그 과거에 묶여 지금까지 자신을 스스로 괴롭히면서 살아왔는데…….

“뭐 드래프트 꼴찌로 겨우 턱걸이했지만, 그래도 이제 프로축구 선수라고! 너 서울대 갔다는 거 듣고 나도 자극받아서 진짜 많이 고생했다."

정우는 민우도 지옥을 살고 있을 것이라고 생각했다. 그 사건에서 헤어나오지 못해서 계속 괴로워하고 있을 거라고, 그래서 자신도 지옥에 살아야 한다고 생각했다. 당연히 함지 또한 행복해지면 안 된다고. 하지만 정작 가장 큰 피해자인 민우는 지옥에서 스스로 빠져나왔다. 아무런 이유도 없이 가장 큰 피해를 본 본인은 이렇게 멋진 삶을 살고 있는데, 자신만 바보처럼 과거에 얽매여서 빠져나오지 못했던 것을, 그래서 함지를 몰아붙인 것을 정우는 이제야 깨달았다. 믿기지 않았다.

"누가 탁구에서 종목 바꿔서 축구를 하냐? 너 진짜야?"

"야, 우냐? 찌질아, 울지 마. 나 이제 시작이야! 나 국대도 가고, 유럽리그도 갈 거거든! 넌 의사되라! 넌 꼭 의사되서 우리 팀 팀닥터 하자! 어? 그래서 우리 예전처럼 또 그렇게 붙어다니자고. 전 세계적으로!"

민우의 말에 정우는 한없이 눈물이 흘렀다. 민우가 말하고 있는 미래가 너무 찬란해 보였기 때문이다. 자신은 한 번도 상상해보지 못했던 미래가 민우의 입으로 그려지기 시작하자 너무너무 간절해졌다. 그의 미래에 자신도 꼭 함께 있고 싶어졌다. 그리고 이런 미래는 함지에게는 안 보일 거라는 사실이 좀 아쉽기도 했다.

정우는 뭔가 후련해지기 시작했다. 민우 덕에 자신의 마음의 짐이 가벼워진 듯했고, 그렇게 자신의 원망도 사라지는 것 같았다.

"팀닥터 하려면 뭐 전공해야 되냐?"

"의대까지 간 놈이 그걸 나한테 묻냐? 당연히 산부인과지."

정우는 6년 만에 처음으로 큰소리로 웃었다. 그리고 왜 6년 동안 민우에게 전화를 하지 못했는지 후회했다. 조금만 빨리 전화를 했다면, 조금만 빨리 용기를 낼 수 있었다면, 자신의 인생도 조금은 달라졌을 거라 생각하니 자신의 삶에 미안한 마음이 들었다.

"그리고 내가 먼저 돈 버니까, 밥 살게. 밥 먹자."

"그래, 밥 먹자."

정우는 민우의 말에 더 미안해졌다. 그리고 전화를 끊고 나서야 알게 되었다. 그동안 자기 자신을 학대하고 있었다는 것도. 이제는 어떻게 살아야겠는지도 알 수 있었다. 지금 자신의 상황이 우스웠다. 그리고 지금까지 다시 시작하고 싶었다. 아니 그럴 수 있을 것 같았다. 그래서 무엇보다 먼저 자신이 한 실수는 돌려놓아야겠다고 생각했다.

순간 뒤에서 누군가 갑자기 정우의 머리에 검은 천을 씌우더니 그대로 승합차에 실어버렸다. 손은 등 뒤로 묶이고 재갈이 물리는데, 몇 명인지는 알 수 없었지만 그들은 낄낄거리며 욕지꺼리를 했다. 정우는 앞이 보이지 않았지만, 이미 오래전 머릿속에 각인된 목소리가 들렸다.

“야, 오랜만이다. 정우 많이 컸네. 나 기억나? 강철이야. 내가 요 며칠 동안 널 얼마나 찾아다녔는지 아냐? 이제야 겨우 찾았네!”

정우가 강제전학을 갔을 때, 자신을 지독하게 괴롭히던 왕따의 주동자였다. 정우는 중학교 내내 그의 괴롭힘을 온전히 견뎌야만 했다. 정우가 특목고를 입학하면서 자연스럽게 잊힌 인간이었다. 다만 들리는 소문으로 강철은 여전히 패거리들을 몰고 다니며 나쁜 짓을 하고 다닌다고만 들었다.

“형님, 형님! 저 강철이요. 서울대 의대생 하나 넘겨드린다고 했잖아요. 형님이 얘기한 그 공사장으로 가면 되죠? 지금 준비했으니까 바로 오시면 됩니다. 아, 예. 옙!”

강철은 복권에라도 당첨된 것처럼 크게 웃어젖혔다.

“이 찐따가 내 인생에 도움이 될 줄 누가 알았겠냐? 이거 넘기면 나는 조직 들어가서 잘나가는 것만 남은 거야!”

16. 보이스 피싱의 마술사

공장에는 7명의 남자가 초조해하며 서있었다. 강철 일당 6명과 무릎을 꿇고 있는 정우였다. 두목을 기다리는 강철은 자신이 불러 모은 또래들과 함께 종종거리고 있었다. 조직에 들어간다는 생각에 이미 흥분한 상태인 것이다. 하지만 흥분도 얼마 가지 않아 초조함으로 바뀌었다. 두목이 모든 부하를 소집해 지함을 쫓는 걸 강철은 알지 못했다.

강철은 자신의 감정을 억누르지 못하고 계속 욕을 하며 기다렸다. 너무 흥분한 나머지 누가 접근하는지 눈치도 채지 못했다.

"왜? 왜? 왜? 왜 이렇게 흥분을 했어?"

태혁은 강철의 뒤로 슥 다가가서 놀래켰다. 강철은 뒤에서 갑자기 등장한 태혁의 존재에 너무 크게 깜짝 놀라 그대로 뒷걸음질을 쳤다.

“누…… 누구신데요?”

“야, 봤지? 요즘 애들이 무섭긴 뭐가 무서워? 다들 쫄보라 지들 만만한 상대한테만 센 척한다니까?”

강철이 묻는 말에는 대답도 하지 않은 태혁은 뒤에 있는 지함과 대호에게 이렇게 말하고는, 그대로 강철에게 다가가서 휴대폰을 들고 있는 그의 손목을 꺾었다. 순식간에 태혁에게 손목이 꺾인 강철은 아무런 반항도 하지 못한 채 쩔쩔맸다. 그 뒤에 있던 강철 일당도 똑같이 당황한 채로 아무것도 못했다.

“아아! 저 강현 형님 동생이에요! 저한테 왜 이러시는데요!”

“아, 강현이? 형님 밑에서 통나무 장사하는 양아치 말하는 거 아냐? 너희가 여기 왜 있는 건데?”

“강현 형님이랑 얘기하고 왔어요. 쟤 서울대 의대 다녀요. 넘겨드리고 이제 저도 강현 형님 밑에 들어갈 겁니다!”

태혁은 한두 마디만 듣고도 어떤 상황인지 바로 눈치챘다. 지함을 통해 알게 된 미래는 조직이 관리하는 공장 공사장에 가는 것이었고, 거기로 가면 자신이 움직일 수 있는 동생들이 모여 있을 거라 기대했다. 태혁은 이런 애들을 잘 알고 있었다. 자신 또한 그 나이 때에는 크게 다르지 않았으니까.

“야, 강현이가 너 식구로 받아준대?

“아, 누구신데 자꾸 그러세요? 그 형님이 저도 식구로 받아준다고 해서 온 거라고요!"

태혁은 갑자기 헛웃음이 나왔다. 자신은 지금 완전히 망가진 인생에서 어떻게든 다시 살아보겠다고 여기까지 왔는데, 기껏 왔더니 동네 양아치들이 기다리고 있었다. 동네 양아치 손이라도 빌려야 할 판이기는 했지만, 태혁은 짜증이 치밀었다. 어떻게든 이 판을 반전시킬 카드를 만들려고 머리를 굴렸다.

"그래서? 그 새끼는 지금 어디 있는데?"

태혁은 강철에게 다그치듯 물었다.

"아, 몰라! 모른다고! 아까부터 몇 번을 말해요! 그 새끼가 안 와서 나도 지금 미치겠다고! 오늘 데려간다고 했는데! 아저씨 짭새예요?"

태혁은 지금 강철이 말하는 것을 들으면 들을수록 왠지 모를 화가 치밀어 오르기 시작했다. 그것은 아마도 자신의 삶에 대한 후회일지도 모르겠다. 자신도 딱 그만한 나이에 그와 같은 생각으로 조직에 들어갔고, 세월이 지나 이 지경이 되었으니 말이다. 태혁은 강철의 뒤통수를 아주 세게 때렸고, 강철은 거의 날아가듯이 태혁에게서 떨어졌다. 그렇게 바닥에 내동댕이쳐진 강철의 표정은 놀란 채로 멈춰있었다.

"야, 너 바보냐? 너 조직이 장난이야? 어떤 새끼들이 의대생 친구 데려간다고 조직에 넣어줘? 조직이 무슨 다단계냐?"

"아, 시발! 진짜 데려오면 넣어준다고 했어요!"

"시발?"

태혁은 강철의 도발에 그들을 향해 한걸음을 다가가니 강철 일당은 몇 발자국을 뒤로 물러섰다. 태혁은 그 모습이 너무 어설퍼서 웃음이 났다.

"야! 너 나중에 나한테 고맙다고 해야 돼! 네가 형님이라고 부르는 새끼들, 통나무 장사 하는 놈들인 거 알기는 하냐?"

"통나무요?"

"조직에서 의대생한테 관심 보이면 뻔하잖아. 장기밀매 조직이지!"

강철은 그 형들이 얼마나 잔인한 사람들인지는 알았지만 막상 그 말을 들으니 소름이 돋았다. 무슨 일을 하든 솔직히 겁이 나긴 했지만 이게 아니면 할 것도 없다고 생각해서 들어가고 싶었다. 조직 안으로만 들어가면 아무도 자신을 함부로 할 수 없을 것만 같았다.

"그럼 조직에서 아무런 히스토리도 없는 너희들을 의대생 친구라고 받아주겠냐? 아니, 그래. 받아줬다고 치자! 그럼 너희들한테 누구 장기를 떼오라고 하겠냐? 아니면……."

"아니면……."

"너희 장기를 떼가려고 하겠냐?"

태혁의 입에서 그 말이 나오자마자 강철 일당은 만져지지도 않는 자신의 장기를 더듬으며 뒷걸음질을 쳤다. 강철의 머릿속에 흐릿하게 있던 공포를 태혁이 선명하게 만들었다. 그동안 그 형들이 자기를 위아래로 훑어보던 시선을 떠올리니 더 소름이 돋았다. 그리고 생각해보니 그들이 자기들을 굳이 조직원으로 받을 이유는 없었다.

"너희들 거기 들어가면 다 죽어. 어쩌면 저 의대생한테 연습용으로 줬을지도 모르지. 여튼 넌 나한테 진짜 고마워해라. 생명의 은인이야."

태혁은 고작 몇 마디에 멘탈이 나가버린 양아치들이라도 이용하려고 말빨을 조지고 있는 자신의 처지가 더 비참하게 느껴졌다. 그래도 불과 몇 시간 전에는 저들이 그렇게 갈망하는 조직의 중간보스였으니 말이다. 그런 생각을 하니까 마음이 더 허전해졌다. 그리고 눈앞에 있는 그들을 보고 있자니 한숨이 절로 나왔다.

하지만 이미 이렇게 되었으니 자신이 아는 좋은 미래가 어떤 의미인지, 그리고 앞으로 어떻게 움직여야 하는지를 정하는 게 훨씬 중요한 일이라고 생각했다.

"야. 나한테 더 느껴지는 건 없어?"

"예, 아까 한번 보인 미래가 아직 끝이 안 나서 그런 건지 모르지만 아직은 느껴지는 게 없어요."

"그럼 재네랑 내가 같이 간다고 치면, 걔들을 통해서 미래를 좀 볼 수 있으려나?"

"어쩌면요. 그런데 왜 여기가 아저씨한테 좋은 미래로 보였을까요? 얘네들이 뭐 좋은 일이라고?"

태혁도 그게 궁금했다. 그의 경험상 지함의 능력은 확실하다. 그렇다면 여기에 온 것이 그에게는 당연히 좋은 미래라는 말이다. 하지만 지금 이 상황에서는 도저히 알 수가 없다. 그가 기대한 것은 정말 이곳에 함지가 있어 《토정비결》을 완성하거나, 그것도 아니면 자신이 다룰 수 있는 인원이라도 많이 모여 있을 줄 알았다. 하지만 결과는 저 7명이 다인 것이다.

태혁은 아무리 어설퍼 보이는 애들이라고 해도 자신의 편으로 데리고 다니는 것이 좋겠다고 생각했다. 자신의 편에 누구라도 쪽수가 많은 것이 도움이 될 것이고, 그로 인해 상황이 전혀 다르게 바뀔 수도 있다고 생각했다.

어차피 여기서 쌍둥이를 다 확보해서 《토정비결》을 완성할 수 없다면 결국 두목과 협상을 해야 하는 상황이 올 것이었다. 그렇다면 지금 해야 할 행동은 현재 상황과 기가 막히게 맞아떨어진다.

"야! 너 그렇게 조직에 들어가고 싶냐?"

"예! 그럼요!"

"왜? 왜 들어가고 싶은데?"

"폼 나잖아요. 돈도 많이 벌고, 나 무시하는 놈들도 없고."

태혁은 다시 한번 저 시절의 자신이 떠올랐다. 그저 뭐든지 쉽게만 얻고 싶었던 시기. 지금의 선택이 미래에 어떤 삶으로 이어지는지 전혀 예상하지 못하는 시기. 그래서 무모하고 위험한 선택만 골라서 하던 그 시절 자신의 모습이 떠올랐다.

"강현이랑 나랑 사업 파트가 다르긴 한데, 내가 그 조직 큰형님 바로 아래거든? 여튼 내가 하고 싶은 말은 너희들한테 기회를 주고 싶다는 거야."

"기회요?"

갑자기 나타난 태혁의 카리스마에 주눅이 든 강철 일당은 태혁을 믿지 못하는 눈치였다. 하지만 자기들을 위해서 충고하는 그의 말에 선배 같은 따뜻함도 느꼈다. 태혁의 눈에는 몸만 큰 아이들의 생각이 모두 보이다시피 했다.

"뭘 하면 되는데요?"

"야, 우리는 통나무 장사랑 다르지. 그런 무식한 거 안 해. 나름 정보와 지식을 이용해서 수익을 창출하는 금융업에 가깝다고. 깔끔하게 수트 입고, 글로벌하게 딱 비즈니스 하고, 슈퍼카 타고 출퇴근한다고. 너희들이 이번에 한 건만 하면 명함 갖고 다니는 메이저 조직원이 되는 거야. 어디서 동네 양아치 소리는 들을 일이 없다는 거지."

"사기꾼 소리를 듣겠지."

강철 일당에게는 들리지 않을 정도로 작게 말을 했지만, 그 소리가 태혁에게는 들렸는지, 그가 노려보는 눈빛에 지함은 자기도 모르게 눈길을 피하고 몸을 웅크렸다.

태혁이 하는 말은 더도 덜도 아닌 딱 강철이 홀딱 넘어갈 만한 수준이었다. 지함과 대호는 태혁의 말에 어이가 없었지만, 그보다 더 어이가 없는 건 저 말도 안 되는 말에 점점 빠져드는 강철 일당의 표정이었다.

"내가 그냥 시키는 대로 하면 돼. 오늘 알바 일당도 따로 두둑하게 쳐준다! 그럼 나만 믿고, 오늘부터 같이 일해보자! 어때?"

"우와, 진짜요?"

태혁의 말에 강철 일당은 모두 솔깃한 분위기였다. 그 사실을 눈치챈 태혁은 타이밍을 놓치지 않고 쐐기를 박았다.

"자! 그럼 같이하는 걸로 하고! 다들 이제 나를 형님이라고 불러! 알았지?"

"예! 형님!"

"좋았어! 그럼 우선 아무리 그래도 뭔가 무기 될 만한 것은 좀 있어야 할 것 같으니까 주위에서 좀 찾아볼까?"

"예! 형님!"

태혁의 말에 강철 일당은 갑자기 뭔가 신난 것처럼 움직이기 시작했고, 그 모습을 보고 있는 지함과 대호는 정말 눈앞에서 사기현장을 목격한 기분이었다.

"야, 그리고 너는 가서 끈 같은 것 좀 찾아와."

태혁은 강철에게 따로 지시하자, 강철은 정말 뭐라도 된 듯이 신나게 움직이기 시작했다.

“예, 알겠습니다.”

일당은 순식간에 흩어져서 무기가 될 만한 것들을 찾아다녔다. 모두 흩어져 각자 무기가 될 만한 것들을 들고 다시 태혁의 앞에 섰다. 그들은 흡사 무슨 영화 촬영 엑스트라라도 하는 것처럼 설레는 표정이었다. 지함과 대호가 보기에는 수련회라도 온 고등학생들처럼 보였지만, 표정만큼은 열정에 불타고 있었다. 그들을 바라보는 태혁의 표정은 묘했다. 왜 이러는지 속을 알 수 없는 태혁은 하나씩 아이들의 무기를 검사하기 시작했다.

“야! 장난하냐? 이건 실전에서 한 번 패면 부서져! 그다음엔 그냥 맨 몸뚱어리만 남는 거라고!”

태혁은 가져온 각목을 가지고 온 것을 빼앗아 그 자리에서 분질러 버렸다. 일당은 그 모습에 감탄을 하며 박수를 쳤다. 태혁은 괜히 입꼬리가 올라가고 어깨가 으쓱했다.

“야, 이건 무겁고 잡기 힘들어서 되겠냐?”

어디서 철근 한 줄을 찾아오기는 했지만, 너무 길고 두꺼워서 서 있으면서도 휘청거리는 놈에게 한숨을 쉬며 말했다. 그 애는 나름 자신 있다는 표정으로 서 있었지만, 태혁의 지적에 울상이 되어버렸다. 그래도 일당의 리더 격인 강철은 나름 손에 딱 잡히는 쇠파이프를 들었다. 그것이 태혁의 표정을 조금은 풀어주었다.

"오호, 이거 뭐야. 딱 좋네. 길이도 딱이고. 야, 역시 네가 대가리는 대가리구나."

칭찬을 들은 강철은 신나서 어깨를 들썩였다. 그 모습을 바라보고 있던 지함과 대호는 저 상황에서 좋아하고 있는 강철이 우스웠지만, 순간적으로 일당을 다루는 태혁의 능력에는 놀라고 있었다.

"이런 거 더 없냐?"

"저쪽에 엄청 많아요."

"그럼 무기는 다 이걸로 통일하자. 하나씩 들어."

"예!"

일당은 강철을 따라가서 자신의 손에 맞는 쇠파이프를 골랐다. 어느새 분위기는 동네에서 군인놀이 하는 아이들 같았다. 태혁은 지함에게 다가와서 조용히 말했다.

"네가 쟤네 미래를 좀 봐봐. 쟤네 미래를 보면 우리가 앞으로 할 일에 대한 힌트가 좀 될 거 아냐."

지함은 태혁의 말에 다시 한번 놀랐다. 그는 지금 이 상황을 아주 냉정하게 판단하고 자신이 해야 할 일을 정확하게 파악했다. 심지어 지함의 능력까지도 고려했다. 그렇다고 해서 지함은 왜 태혁이 자신에게서 들은 미래로 이상한 일을 하는지 이해가 되지는 않았다.

"그럼 이제 저희는 뭐하면 됩니까?"

"우선 여기 한 줄로 서. 그리고 여기에 이름이랑 생년월일 쭉 적어."

"예?"

"다 필요해서 그러니까 잔말 말고 적어. 시간 없어."

일당은 태혁의 갑작스러운 요구에 당황했지만, 별다른 반항 없이 따랐다. 특히 강철은 이미 그에게 잘 보이기 위한 마음이 앞서서, 제일 먼저 종이를 받아서 적고는 다른 아이들을 보챘다. 그렇게 받은 신상정보를 강철은 보란 듯이 자신이 들고는 태혁에게 넘겼다.

태혁은 이들의 신상을 지함에게 주고 그들의 미래를 보도록 했다. 지함은 그들의 미래를 보면서 눈이 심하게 흔들리기 시작했다. 그리고 점점 심각한 표정이 되었다. 모두의 미래를 본 지함은 태혁에게 가서 귓속말을 했다.

"우선 상황은 좋지 않은 것 같아요. 이 중에 두 명은 아예 안 보여요. 그 말은 그들에게는 카페 하버에 가는 게 좋은 일이 아니라는 뜻이겠죠. 그리고 얘랑 얘는 좀 보이는데, 그래도 그나마 얘가 눈치가 있고 똑똑한 거 같아요. 얘네의 미래로 보이는 건 건물에 들어가자마자 검은 옷 입은 사람들한테 나머지는 다 맞고 있고요. 얘네는 아예 들어가지도 않고 건물 밖에 있다가 바로 도망치는 모습이 보여요. 심지어 도망칠 때, 다른 애들 가방 같은 걸 다 들고 튀네요. 이 새끼들은 진짜 의리가 없네."

"그럼, 그 안에 상대방은 얼마나 있는데?"

"한 스무 명은 보여요."

"거기에 키는 한 180 정도 되고 턱수염 기른 사람도 있었냐?"

"아, 예. 뒤에서 혼자 의자에 앉아 있어요."

"그럼 밖에서 대기하는 놈 없이 다 들어온 거 같고, 두목까지 와서 뭔가를 하려고 하는구나?"

"예, 근데 함지는 보이지 않았어요."

"오케이, 알았어. 더 없지?"

"예, 우선은요."

"아, 잠깐 너희들은? 너희들은 어떻게 되는데?"

"저희는 안 보이던데요?"

"그렇단 말이지……."

지함과 대화가 끝난 태혁은 아이들 앞에 섰다. 그가 심각한 표정으로 다가서자 조금은 긴장한 모습을 보이는 아이들은 태혁이 무슨 말을 할지 집중했다.

"자, 내가 처음으로 너희들한테 시킬 게 있다."

태혁의 말에 아이들은 모두 긴장을 하고 있었고, 그들의 표정에는 '드디어 시작인가?' 하는 느낌의 설렘까지 보였다. 잠시 말하지 않고 뜸을 들인 태혁은 지함과 대호를 향해 손가락질을 했다.

"얘네 묶어. 얘가 든 가방 이리 가져오고."

"예?"

17. 세상이 원래 그런 걸

지함과 대호는 너무 놀라서 소리를 질렀고, 지시를 받은 강철 일당도 순간 멈춰있었다. 지금까지 같은 편이라고 생각했었기 때문이었다. 모두가 그렇게 주춤하고 있자, 태혁이 소리를 질렀다.

"뭐해? 잡으라고!"

지함과 대호는 도망가려고 했지만, 태혁이 소리지르자 일당은 바로 그들에게 달려들었다. 상대가 안 되는 그들은 금세 잡혀서 손발이 묶여 정우 옆에 무릎 꿇었다.

"아무리 애들을 데리고 가도 어차피 쪽수로 밀리면 끝이야. 내 입장에서는 너희들을 인질로 잡고 협상을 하는 게 더 낫지."

그리고 태혁은 아이들이 가지고 온 대호의 가방을 뒤졌다. 가방을 열자마자 최신형 휴대폰이 여러 개 있었는데, 휴대폰 따위에 관심도 없는 태혁은 고민도 하지 않고 일당에게 던져주었다.

"야! 이거 너희들 오늘 알바비다."

일당은 태혁이 던져준 휴대폰을 들고 굉장히 좋아했다. 개당 100만 원이 넘는 폰을 몇 개나 던져주니 중고로 팔아도 이게 얼마냐 하는 생각에 눈이 돌아갔다. 가방을 계속 뒤져서 《토정비결》 진본을 발견한 태혁은 아주 밝은 표정으로 웃기 시작했다.

"이게 가방에 있으니까 아까부터 애지중지 내려놓지도 않고 있었겠지? 역시 이게 나한테 새로 생긴 기회였어. 내가 이 건물에 들어온 게 좋은 미래인 이유가 이거였네!"

태혁은 대호의 가방에 들어있던 《토정비결》 진본을 손에 넣자 눈이 반짝거리기 시작했다. 이미 그의 눈에는 자신이 모든 것을 다 가지게 되는 미래가 보이는 듯했다.

지함은 그가 그 《토정비결》을 집어드는 순간부터 그의 미래가 사라지는 것을 느꼈다. 지함은 이제 알았다. 미래가 보이지 않는 것과 미래가 사라지는 것에 대한 차이를. 그동안 태혁의 미래가 보이지 않았던 것은 어쩌면 아까 보였던 미래의 연장선에서 있는 것이기도 하고, 지금 상황에 변수가 너무 많아서 정확히 알 수가 없는 것일 수도 있다. 하지만 지금 느껴지는 것은 그에게 예정되어 있던 좋은 미래가 모조리 날아가버린 느낌이었다. 아마도 그가 《토정비결》을 들고 욕심을 부리는 순간부터 그의 미래에는 저주가 내려진 것일지도 모른다. 지함은 그에게 아무런 말도 하지 않기로 했다.

"야, 너희들 뭐 타고 왔냐?"

"바이크요."

"그래, 너희가 차가 있을 리 없지. 뭐 좋아. 나 탈 수 있는 거 있냐?"

다들 서로 눈치만 보고 말을 하지 않자, 태혁은 강철에게 다가갔다.

"야! 키 줘봐, 키."

"저, 그거는……."

"줘봐, 살살 탈게."

"그럼 저는?"

"너는 얘네들 지켜야지. 얘네는 누가 지켜?"

"그래도 제가 얘들을……"

그 순간 태혁은 강철에게 다가갔다. 그러고는 조용히 속삭였다.

"야, 너 지금 이게 장난 같아? 진짜 죽을 수도 있다니까. 이 중에 네가 제일 믿음직스러우니까 너한테 제일 중요한 일을 시키는 거야. 네가 여기서 얘들 지키고 있으면, 나는 금방 볼일 보고 올게. 이게 오늘 제일 중요한 일이야! 그러니까 이 일이 잘만 끝나면 너한테 가는 보상이 제일 클 거야. 알았지?"

강철은 태혁이 다가와 자신에게만 말하는 것이 너무 좋았다. 뭔가 진짜 특별해지는 기분이 들었다. 이미 강철은 태혁에게 충성을 다하기로 했다.

"예! 형님!"

"자, 그럼 키!"

"여기요, 형님."

태혁의 말에 강철의 눈이 반짝였다. 강철은 마치 느와르 영화의 주인공이라도 된 기분이었다. 옆에서 이 모든 말을 듣고 있던 지함과 대호는 태혁이 참 대단하다는 생각을 했다.

"그리고 이거는 들고 있다가 무슨 일 있으면 연락해! 바로 직전에 통화한 게 내 번호니까."

태혁은 대호에게서 뺏은 대포폰을 강철에게 주었다. 태혁에게 연락할 수 있는 휴대폰까지 받자, 강철은 정말 의욕이 불타올랐다. 지금이라면 태혁의 말에 죽는 시늉이라도 할 기세였다. 그 모습을 바라보던 지함은 한심하게 쳐다보면서 대호에게 한마디했다.

"역시 보이스 피싱."

태혁은 나머지 아이들에게 무엇인가를 이야기하면서 카페 하버로 떠났다. 지함과 대호 그리고 정우는 붙잡혀 있고, 강철은 그들을 감시했다. 정우는 아무 말도 하지 않았지만, 그동안의 대화로 지함이 함지와 통화한 오빠라는 걸 알았다. 그리고 그들이 만나기로 한 곳이 카페 하버라는 것도 알았다. 태혁이 대호의 가방에서 꺼낸 오래된 책이 《토정비결》이라는 것도 알아챘다. 정우의 머릿속에서 여러 조각 퍼즐이 맞춰졌지만, 그가 할 수 있는 건 아무것도 없었다. 함지가 만나려 했던 오빠가 자신과 함께 납치당했으니, 함지도 위험한 상황에 처할지 모른다는 생각까지 이어지자 가슴이 찢어지는 것 같았다. 함지를 지키려면 먼저 여기서 살아나가야 했다.

태혁이 떠난 후 15분쯤 지난 뒤, 저 멀리서부터 여러 대의 자동차 소리가 들리기 시작했다. 저 멀리서 들려오는 거친 자동차 소리가 우리 편이 아닐 거라는 것은 모두 느끼고 있었다. 확신이 들자마자 대호는 강철을 설득했다.

“야, 누가 오잖아. 저 사람들 올라오면 넌 죽어! 우리야 데리고 가야 할 이유라도 있지만, 넌 솔직히 필요 없잖아. 귀찮아서 너부터 죽일 거라고. 어? 이대로 죽고 싶어?”

“그게 무슨 소리야!”

“아까 들었잖아. 우리는 인질이라고, 인질은 안 죽어. 쓸모가 있으니까. 근데 너는 과연 무사할까?”

“…….”

“우리한테 방법이 있어. 우리만 믿어. 너 안전하게 도와줄 수 있으니까."

멀리서 들리던 자동차 소리는 시간이 지날수록 점점 더 커지고 있었다. 그렇게 소리가 커질수록 세 명의 심장도 점점 더 크게 뛰기 시작했다. 그때 지함은 강철의 미래가 보였다. 평소보다 더 많은 것들이 보였지만, 그는 다 말하지는 않았다. 우선 이곳을 빠져나가는 것이 더 중요했기 때문이다.

"야 이 멍청아! 왜 고백 선물로 속옷을 사고 지랄이야? 그것도 티팬티를! 너라면 사귀자고 고백받으면서 받는 선물이 티팬티면 좋겠냐? 여튼 그래도 네가 마지막에 쓴 손편지 덕분에 사귀기는 하네. 여기서 나가면 목걸이나 반지 같은 좀 근사한 거를 사서 고백해! 알았어?"

강철은 지함의 말에 너무 놀라 눈이 커졌다. 실제로 강철은 오늘 일을 마무리하면 그동안 좋아하던 여자에게 고백을 하려고 준비하고 있었던 것이다. 그런데 처음 보는 지함이 그 계획에 대해 모두 알고 있었다는 게 정말 놀라웠다. 하지만 그제서야 강철에게도 맞아떨어지는 퍼즐들이 있었다.

"아까 했던 말들이 다 그런 거였구나."

"됐고, 이것부터 풀어!"

"진짜…… 그래도 되나?"

"아 쫌!"

그때 차가 멈추는 소리와 함께 사람들이 뛰어오는 소리가 들리자, 강철은 어쩔 수 없이 셋을 풀어주었다. 그리고 올라오는 소리가 들리지 않는 다른 쪽 계단으로 도망쳤다. 그렇게 건물을 빠져나온 그들은 대호의 스쿠터를 타려고 했다. 스쿠터는 한 대인데 사람은 넷이라, 운전을 하는 대호가 맨 앞이고 그 뒤에 지함과 강철이 탔다. 정우가 어떻게든 뒤에 타려고 하는데 누군가 정우의 뒷덜미를 잡았다.

"으아악!"

스쿠터를 탄 셋은 어쩔 수 없이 출발해서 카페 하버로 향했다. 남겨진 정우는 어안이 벙벙했다.

"어, 강철아! 나는?"

정우를 따라잡은 사람 중 하나가 정우의 다리를 차서 넘어뜨렸다. 그리곤 느긋하게 말했다.

"강철이 꼬라지 보니 그새 태혁이한테 홀랑 넘어갔나 보네?"

정우는 그 사람이 강철이 말한 강현임을 직감했다. 강현은 정우의 머리를 툭툭 치면서 물었다.

"야, 걔네 어디로 간대?"

겁을 잔뜩 먹은 정우에게는 강현의 목소리가 마치 악마의 속삭임처럼 들렸다. 차갑지만 냉정하고, 그래서 감정이 느껴지지 않는. 정우는 대답을 망설였다.

"……."

"너 우리 형님한테 고마워해라. 넌 일반인이니까 지금은 말로 할 거거든. 걔네 어디로 갔어?"

"모…… 몰라요……."

"잘 들어. 나한테는 지금 시간이 돈이야. 네가 곧 알게 되는데, 시간을 끌어서 내가 아는 시간이 늦어지면, 넌 죽어."

정우는 고민했다. 지금 막 다시 새롭게 살겠다고 다짐했지만, 그는 곧바로 새로운 선택을 강요받았다. 함지를 지키려면 먼저 자신부터 살아야 하는데, 저 사람들이 원하는 걸 말하면 함지가 위험해진다. 정우는 만약 이 사람들이 자신을 풀어준다는 보장만 있다면, 그냥 다 말해야 한다고 생각했다. 함지에 대해 미안한 마음이 드는 것도 사실이었지만, 지금은 그런 걸 따질 상황은 아니었기 때문이다.

"진짜 저 살려주실 건가요?"

"시간이 돈이라고 했다. 난 지금 바로 네 입에서 답이 안 나오면 네 몸무게부터 잴 거야. 이게 무슨 말인지는 알지?"

"거, 거기가요……."

"카페 하버라고 합니다. 두목님 연락 왔습니다."

정우가 대답하려는 순간, 다른 자리에 타고 있던 부하 하나가 누군가에게 연락을 받고 함지가 가고 있는 장소를 먼저 말했다.

"야, 역시 형님이네."

정우는 그 순간 기절할 만큼 공포스러웠다. 그 순간 강현은 정우의 얼굴에 아주 가까이 다가와서 말했다. 강현의 숨소리까지 느껴졌다.

"'거기가요.' 그 말만 안 했어도 네가 1초는 빨랐을 텐데, 그렇지? 그 1초면 넌 살았을 거야. 내가 약속은 지키거든. 그런데 어쩌냐? 넌 망했어. 네 망설임이, 네 우유부단함이, 그 알량한 의리가 널 죽이는 거야. 그래도 어떡하니? 세상이 원래 그런 걸."

강현이 손에 든 무언가를 들어올렸는데, 옆에 있는 누군가가 다시 말했다.

"두목님이 일반인은 건드리지 말라고 하십니다."

"또 그 개소리야. 통나무는 무슨 특별인이냐?"

그러고는 정우의 머리를 내리쳤다. 그대로 의식을 잃은 정우는 꽁꽁 묶여서 승합차 맨 뒷자리에 던져졌다.

"가자. 최종 무대는 어차피 거기겠네."

18. 바꿀 수 있는 미래

스쿠터에 함께 타고 카페 하버로 이동하는 세 명은 생각보다 빠르게 가지 못하는 스쿠터의 성능에 답답해하고 있었다. 하지만 성인 남자 세 명의 무게를 지탱해야 하다 보니, 스쿠터가 제대로 달리지 못하는 건 당연한 일이었다. 그나마 다행인 것은 15~20분이면 도착할 거리라는 점이었다.

지함은 카페 하버에 도착하기 전에 잠시 스쿠터를 세웠다. 그리고 함지에게 연락했다. 함지는 CCTV를 통해서 본 것들을 알려주었다.

지함과 대호는 눈빛으로 대화를 주고받았다. 이제는 강철을 어떻게든 떼어놓는 게 좋다고 생각했다. 왜냐하면 누군가를 괴롭히던 경험이 있는 애를 믿을 수도 없었고, 어차피 많은 사람의 눈을 피해서 다녀야 한다면 한 명이라도 적은 것이 더 좋을 거라고 생각했기 때문이다. 그런데 그때 강철이 갑자기 지함에게 다가왔다.

"뭐야? 갑자기?"

"너 미래를 보는 거 맞지?"

순간 지함과 대호는 서로 마주 봤다. 그리고 이미 어느 정도는 아는 상황이기 때문에 굳이 감출 필요는 없다고 생각했다.

"그럼 이제 나는 어떻게 되냐?"

지함은 순간 아무 말도 할 수 없었다. 왜냐하면 강철에게는 그 상황 말고는 아무것도 보이지 않았기 때문이었다. 현재 자신의 능력이 어느 정도의 미래까지 보이는지, 그 능력치를 알 수 없는 상황이었지만, 강철이 좋아하는 여자와 사귀기 시작한 후에도 더 이상의 미래가 보이지 않는다는 것은 그렇게 좋은 의미는 아니라고 생각했다. 그때 대호가 지함에게 말했다.

"지금 이럴 시간이 없어."

"알아. 그런데 잠깐만."

지함의 시선은 다시 강철에게 향했다. 지함은 자신을 보는 강철의 불안한 눈빛을 차마 뿌리칠 수 없었기 때문이다.

"너 지금 불안해?"

"뭐?"

“너 지금 불안하잖아? 그래서 내 눈치 보면서 묻는 거고.”

“…….”

지함의 단도직입적인 말에 강철은 말문이 막혀버렸다. 그런 상황을 보고 있는 대호는 조바심이 나고 있었다. 대호는 함지를 걱정하고 있었기 때문이다. 하지만 지함은 앞에 있는 강철에게 자꾸 무엇인가 해주고 싶은 것 같았다.

“너 도대체 어떻게 살아온 거야? 어? 여기는 왜 온 거냐고! 너도 알지? 네가 어떻게 살아왔는지. 그리고 이대로 가면 앞으로 어떻게 살아갈지. 겉으로는 센 척 갖은 폼 다 잡아도 너도 지금 겁먹고 있는 거, 네가 제일 잘 알고 있어서 그런 거잖아.”

지함은 함지에게 다시 전화를 걸어 강철의 생년월일을 말했고, 함지는 자신에게 느껴지는 강철의 미래를 모두 얘기했다.

“너 이대로 가면 죽는대.”

“뭐?”

“네가 믿든 안 믿든 상관없는데, 이대로 가다가는 결국 죽는대. 안 좋은 곳만 끌려다니다가 네가 좋아하는 그 여자애까지 같이 죽는다고!”

강철은 지함의 말을 절대 믿고 싶지 않았다. 하지만 언제부턴가 자신이 불안해하던 미래를 다른 사람의 입에서 듣고 있자니 아무런 반박도 할 수 없었다. 자신은 학창 시절 내내 그 어떤 노력도 한 적이 없었고, 만만한 애들만 괴롭히며 편하게 살았다. 미성년자라는 보호막이 자신을 지켜주었고, 남들보다 조금 더 풍족한 부모님이 뭐든지 해결해주었다. 하지만 자신도 알고 있었다. 지금부터는 그럴 수 없다는 것을. 심지어 부모님도 더 이상 그 어떤 지원도 하지 않겠다고 단언했다. 그 말에 욱해서 다음 달에는 자기 힘으로 독립도 하겠다고 큰소리까지 쳤지만, 사실 그 어떤 준비도 하지 않았다.

이제와 자신이 놀리며 괴롭히던 친구들처럼 알바를 할 수도 없었고, 멀쩡한 곳에 취직하는 건 자신이 생각해도 가망이 없었다. 그래서 예전처럼 폼이라도 잡으며 살기 위해 안 좋은 형님들을 쫓아다닌 것이다. 하지만 이미 알고 있었다. 자신은 그곳에서 성공할 만큼 강하지도, 깡이 좋지도 않다는 것을. 그렇게 느끼고 있던 모든 불안을 지함이 현실로 만들어버렸다.

"그럼 이제 나보고 어쩌라고……."

"기회가 있어. 네가 팔아먹으려고 했던 사람이 네 계획대로 잡혀있대. 네가 그 사람을 구해줘. 네가 우리랑 같이 가서 우리가 다른 문제를 해결하는 동안, 너는 그 사람만 구해서 도망가라고. 그럼 분명히 끊길 거야. 우린 알아. 미래는 정해져 있지 않아. 바꿀 수 있어! 네가 마음만 다시 먹으면 언제든지 바꿀 수 있다고!"

강철은 아무 말도 하지 못하고 그대로 서 있었다. 강철이 머뭇

거리자 지함이 다시 확실하게 말해주었다.

"강철이라고 했지? 너는 가자마자 건물 밖에 있는 ×××× 승합차에 가. 거기 있는 사람을 구해서 바로 도망쳐."

"그런 거까지 보여?"

"구하면 꼭 사과해. 진심으로. 그래야 너한테 미래가 보일 거야!"

"알았어."

어느샌가 지함은 미래를 알려주는 것만이 아니라, 좋은 미래를 만들려면 어떤 선택을 해야 하는지까지 보고 있었다. 지함은 능력이 강해져서일지도 모르겠다고 생각했다.

하지만 여전히 대호의 미래는 아무것도 보이지 않았다. 아마도 자신이 가장 큰 영향을 미치는 변수이기 때문일 것이다. 그 불확실함이 불안하기도 했지만, 반대로 희망이기도 했다. 미래를 안다는 것은 항상 근사한 일이라고 생각했지만, 또 한편으로는 김이 새는 느낌이기는 했다. 그리고 지금 그 능력이 항상 좋은 것이 아니라는 사실을 뼈저리게 느끼고 있다. 그래서 차라리 아무것도 모르는 이 상황이 지함에게는 큰 희망이 되었다.

자신의 노력과 선택으로 미래를 바꿀 수 있다는 생각을 조금 더 일찍 했으면 좋았겠다는 생각도 들었지만, 지금은 그저 긍정적이고 희망적인 생각만 하기로 했다. 지금 아무것도 모르는 상

황에 그들이 그곳으로 갈 수 있는 용기가 생기려면 마냥 낙천적
인 생각만 해야 할 것 같았기 때문이다.

19. 할미 왔다

카페에는 이미 두목의 무리가 1층을 모두 차지하고 있었다. 두목은 계속 누군가와 통화를 하고 있었고, 그때 강철의 바이크를 탄 태혁이 주차장으로 들어왔다. 이미 태혁의 얼굴을 알아보는 부하들은 자연스럽게 길을 비켜주었다. 태혁을 본 두목은 전화를 끊고 다가오는 태혁을 맞이했다.

"뭐냐?"

"형님."

"내가 널 여기로 불렀던가?"

"아닙니다."

"오호, 그럼 그래도 여기까지는 혼자 찾은 거네?"

"예."

"그럼 여기 누가 있어야 하는지도 알지?"

"예."

"왜 아무도 없을까?"

함지가 없다는 두목의 말에 태혁은 당황하지 않았다. 이미 지함에게 들었기 때문이다. 다만 자신의 계산에는 그가 이미 그녀를 확보하고, 자기가 나머지 카드를 가지고 있어야 뭔가 타협이 될 것이라고 생각했기 때문에 이 상황이 썩 마음에 들지는 않았다.

"없습니까? 그럼 저도 좀 곤란한데 말입니다."

"곤란해?"

"형님은 지금 이 판, 어디까지 드시려고 하십니까?"

태혁의 질문에 두목은 순간 표정이 달라졌다. 태혁은 두목의 그 눈빛이 두려웠지만, 최대한 티를 내지 않으려고 노력하고 있었다. 그런데 두목이 그의 앞으로 천천히 걸어오며 낮고 차갑게 그의 이름을 불렀다.

"태혁아."

"예."

"네가 지금 나를 테스트하는 거냐?"

"아니요, 그럴 리가요. 그저 제가 더 가지고 있는 정보가 있으면 알려드리려는 거죠."

"그럼 그냥 말해야지. 나한테 묻지 말고."

"죄송합니다."

태혁은 자신이 가지고 있는 카드로 나름 강하게 나가려고 했지만, 막상 독을 품고 다가오는 두목에게는 쉽게 버틸 수 없었다. 이미 길이 들어버린 것인지, 아니면 너무 오랫동안 편하게만 살아와서인지 두목에게 맞서는 게 두렵게만 느껴졌다. 하지만 여기까지 온 이상, 태혁은 자신의 말에 목숨을 걸어야 했다.

"핵심만 말해."

"《토정비결》 진본은 미래를 볼 수 있는 책입니다. 단순히 점을 보는 수준이 아니라, 누군가의 길흉화복이 다 보이는 아주 엄청난 능력을 가지고 있죠."

"너 나한테 책 팔려고?"

"《토정비결》을 쓴 사람은 그 모든 진리를 아는 사람이었지만, 그 능력이 결코 사람들에게 득이 되는 것만은 아닌 걸 깨닫고 죽기 전에 장난을 치죠."

"내가 모르는 건 언제 나오지?"

"그 장난을 풀 수 있는 건 이 시대에 그 사람과 같은 사주를 가지고 태어나 이름까지 같은 그 쌍둥이들이죠."

"이것도 다 아는 얘기고."

"그리고 남자애에게는 길과 복에 관한 괘만, 여자애에게는 흉과 화에 대한 괘만 보이는 거고요."

"그래서 네가 그 새파란 애한테 들은 점괘를 믿고 내 돈을 빼돌려서 투자했다가 쫄딱 망한 거고, 그런 너를 내가 버린 거잖아. 그런데 네가 왜 여기 있냐고?"

"그 쌍둥이가 《토정비결》 진본을 만나자, 틀어진 궤들이 눈에 들어오기 시작했습니다. 능력도 갑자기 세졌습니다. 그 둘은 자신들이 모이면 그 궤를 다시 바꿀 수 있고, 그러면 한치의 오차 없이 미래를 볼 수 있다는 것을 알고 있습니다. 그런데 여기서 중요한 사실이 있습니다. 그 《토정비결》 진본이 필요하다는 겁니다. 그 쌍둥이들의 능력만 필요한 게 아니라, 그 실물 진본의 존재도 중요하다는 말입니다."

"그래서?"

"누군가의 미래를 보기 위해서는 이 세 가지가 필요합니다. 쌍둥이 남자애와 여자애 그리고 《토정비결》 진본. 그런데 저는 지금 두 가지를 가졌습니다. 저는 형님이 하나 정도는 확보하고 계실 줄 알았습니다. 그래야 제가 뭐라도 드릴 말씀이 있으니까요. 그런데 그 하나마저도 없으시니, 제가 뭘 어떻게 말씀을 드려야 하나……."

"뭐라고?"

"단도직입적으로 말씀드리겠습니다. 뭘 주시겠습니까? 제가 두 가지를 드리면?"

순간 분위기는 아주 차가워졌다. 태혁은 자신의 카드가 완벽했다고 자신했고, 무엇보다 돈이 중요한 두목에게는 합리적인 판단이 우선일 거라고 예상했다. 그렇기에 이 상황에서 자신이 두목에게 자신의 안전만 보장받는다면 충분히 이 삶에서 벗어나서 폼나게 살 수 있을 거라 기대했다.

"넌 뭘 원하는데? 생각한 게 있을 거 아니야?"

"그럼 제 통장에 100억만 넣어주세요. 저는 해외로 나가서 다시는 형님 눈에 띄지 않겠습니다. 그렇게만 해주시면 저는 진짜 더 이상 욕심부리지 않고 조용히 살겠습니다."

두목은 태혁의 눈을 똑바로 쳐다보며 무엇인가를 생각하는 듯했다. 하지만 두목은 생각을 하면서도 절대 태혁에게서 시선을 떼지 않았다. 그래서 태혁은 아무 생각도 하지 못하고 그대로 굳어 있었다.

"나는 뭘 믿고 너한테 돈을 주지? 네가 나가서 책을 안 주면? 아니 네가 그 쌍둥이들이랑 짜고 해외에 나가면? 뭐가 됐든 내가 널 뭘 보고 믿느냐고."

"우선 이거 보여드리겠습니다."

태혁은 옆에 있는 부하를 통해 자신의 휴대폰을 건넸다. 휴대폰에는 《토정비결》 진본과 지함과 대호가 묶여있는 사진이 담겨 있었다. 그것을 본 두목은 웃기 시작했다. 그러고는 천천히 태혁에게 다가오며 말했다.

"우리 태혁이 고생했네. 근데 이거 둘 다 네가 가지고 있는 건 맞아? 확실해? 남자애는 도망갔다는데?"

"예?"

태혁은 당황한 기색이 역력했다. 분명히 불안하기는 했지만, 설마 처음부터 의심할 줄은 몰랐다. 하지만 태혁은 당황하지 않은 척하기 위해 애썼다. 그래도 자신에게 《토정비결》 진본이 있다는 것으로도 충분히 협상할 여지는 있다고 생각했기 때문이다.

"……그럼 그건 비긴 거네요. 형님도 남자애를 못 찾은 건 마찬가지니까. 그럼 결국은 그 《토정비결》 진본을 가지고 있는 사람이 중요한 거 아닌가요?"

"틀렸어. 네가 이렇게까지 나온다는 것은 지금 너한테는 없는 거고, 내가 못 찾을 거라고 생각한 곳에 숨겨놓았거나 아니면 진짜 믿을 만한 사람에게 맡겼다는 말이겠지. 너는 오늘 시간이 없었어. 여기 오는 동안에도 우리 애들이 찾고 있다는 걸 알고 있으니 여유는 없었지. 그럼 결국 어디다 숨겨놨다기보다는 누군가한테 맡겨놨다는 거야. 그럼 이제 나는 네가 누구한테 맡겼는지만 찾으면 되는 거 아니냐? 그리고 태혁아."

그렇게 말한 두목은 잠시 입을 다문 뒤 태혁을 바라보며 말을 이었다.

"너 나한테 말 안 할 자신 있냐?"

순간 태혁의 등줄기에 소름이 쫙 끼쳤다.

그 시간 지함과 대호 그리고 강철은 카페 하버 근처에 도착했다. 200미터 정도 앞에서 스쿠터를 숨기고 조심스럽게 걸어서 온 그들은 아까 말한 것처럼, 강철에게 정우부터 구하라는 신호를 했다. 그렇게 강철이 정우를 구하러 가자 지함과 대호는 카페가 보이는 커다란 나무 뒤에서 몸을 숨겼다. 다행히 카페의 밖에는 지키는 사람이 없었고, 카페 안에는 얼핏 태혁이 누군가와 이야기를 하는 게 보였다.

지함은 끝까지 망설이다 전화를 걸었다. 인천 무당, 바로 지함의 외할머니에게였다.

"할머니."

늦은 시간이었지만 외할머니는 금방 전화를 받았다.

"다친 데는 없니?"

외할머니의 반응은 '늦은 시간에 무슨 일이니?'가 아니었다. 무엇인가 알고 있다는 뜻이다.

"할머니, 제가 무슨 얘기를 할지 알아요?"

"넌 내 직업이 뭔지 아직도 모르는 거냐?"

"모든 걸 다 알아요? 원래?"

"아니. 네 일이잖아. 적어도 내 새끼들 일은 다 알지. 너랑 함지 혼이 이렇게 요동치는데 그것도 모르면 난 깃발 내려야지. 그래서 어디, 다친 데는 없고?"

"저는 괜찮아요."

"그래, 지금 어디 있니?"

"우리 가족 매년 만나는 카페요."

"그것도 알고 있어. 네가 있는 곳이 카페를 보고 강이 왼쪽이니, 오른쪽이니?"

지함은 외할머니의 신기에 속으로 엄청나게 놀랐지만 침착한 척 대답했다.

"오른쪽이요."

"방향이 같구나. 1분이면 도착하니 기다려라. 혹시 엄마, 아빠한테는 전화했니?"

"아니요."

"잘했다. 이런 일은 할미가 전문이야. 괜히 걱정만 해. 우리 지함이 잘 숨어있어."

"……예."

지함은 기다리는 동안 함지와 얘기를 해볼까 했지만, 얼마 남지 않았기 때문에 그냥 외할머니를 기다리기로 했다. 그때 마침 앞에서 헤드라이트를 켜지 않은 차가 한 대 다가왔다. 외할머니라고 생각한 지함은 자연스럽게 그 차로 다가갔고, 어두운 차의 창문이 열리자 안에 있는 사람이 보였다. 놀랍게도 운전석에 앉아 있는 사람은 엄마였다.

"지함아, 빨리 타!"

"엄마?"

"시간 없으니까 빨리 타라고."

지함과 대호는 뭔가를 생각할 여유도 없이 바로 엄마의 차에 탔다. 차에 탄 엄마는 라이트를 끄고 조용히 그대로 카페를 스쳐서 지나갔다. 엄마의 차 뒤에 차가 한 대 더 따라오고 있었다. 지함은 엄마가 말을 해줄 때까지 그대로 기다렸다. 그때 지함이 가지고 있던 휴대폰이 울렸다.

"엄마, 외할머니 전화 같은데……."

"지금은 받지 마. 이따가 다 얘기해줄게."

지함은 엄마 말대로 전화를 받지 않았다. 차 안에 지함의 휴대폰에서 나는 진동음만 울렸다. 곧 전화가 끊기고 문자가 도착했다.

[지함아, 어디니? 할미 왔다.]

지함은 답장이라도 할지 생각했다가 엄마의 심각한 표정을 보고 그냥 가만히 있기로 했다. 그런데 엄마는 운전하면서도 그 상황을 다 알고 있는 듯 지함에게 말했다.

"할머니한테 문자 왔지?"

"어."

"우선 답장하지 마."

"응."

지함의 차를 뒤따르고 있는 차는 지함의 아빠 차였고, 그 차에는 함지도 타고 있었다.

-囍-

은신처에 숨어서 카페에서의 상황을 살펴보던 함지에게 갑자기 도어락이 열리는 소리가 들렸다. 함지는 그 소리에 너무 놀라서 아무것도 못하고 있는데, 잠시 후 그쪽 방으로 뛰어들어온 사람은 바로 아빠였다.

"함지야, 빨리 나와. 지금 바로 가야 돼."

"아빠?"

"자세한 얘기는 가면서 해줄 테니까. 우선은 나와라."

아빠는 함지를 데리고 바로 나왔다. 카페에서 조금 떨어진 곳에 차를 세워두었던 아빠는 함지와 차에 타자마자 엄마의 차가 지나가는 것을 보았다. 아빠는 엄마의 차를 따라 운전했다.

아무 말 없이 한 10분 정도 달려온 두 대의 차는 강을 건너는 다리 위에서 멈췄다. 모두 다 지금의 상황이 많이 궁금했지만 아무도 쉽게 말을 하지 못했다. 차가 멈춘 후에 아빠와 엄마가 차에서 내리자 지함과 함지 그리고 대호도 따라 내렸다. 아무도 섣불리 입을 열지 못하는 상황에서 엄마가 먼저 입을 열었다.

"너희들 몸은 괜찮아?"

"어, 괜찮아."

"네가 대호지? 너도 괜찮은 거니?"

"예, 괜찮아요."

아이들의 몸부터 챙긴 엄마는 아이들이 괜찮다는 말에도 안심을 하지 못하고 직접 눈으로 이곳저곳을 살폈다. 함지는 그런 엄마의 모습이 어색했다. 처음이었다. 엄마가 자신에게 감정을 온전히 다 드러낸 것은. 자신의 눈으로 모두 무사하다는 것을 확인한 엄마는 그제서야 눈빛이 달라지기 시작했다.

"《토정비결》 진본은 가지고 있니?"

"아니요. 아까 뺏겼어요."

"그럼 혹시 편지 같은 건 받은 건 없고?"

대호가 갑자기 생각이 난 듯 가방에서 이지함들에게 받은 오래된 문서를 엄마에게 전했다. 그 서류를 받아서 읽어본 아빠와 엄마는 서로를 쳐다보았다.

"진짜였어."

"이 말도 안 되는 일이 진짜였다고?"

알아들을 수 없는 말을 한 엄마와 아빠는 아이들은 다시 한번 살펴보더니 대호에게 다가갔다. 대호는 자신도 모르게 뒷걸음질을 했다. 그 모습을 본 엄마는 대호의 긴장을 풀어주기 위해 온화하게 웃으며 다가가 대호의 손을 잡았다.

"만약 이 모든 게 사실이라면, 대호 너의 역할이 너무 중요해. 네가 우리를 모두 지킬 수 있는 거거든."

"예?"

"우선 《토정비결》 진본은 카페에 있는 거지?"

"네, 나중에 혼자 들어온 그 사람한테 있을 거예요."

"우리가 해줄 말이 많기는 한데, 이 모든 게 사실이라면 시간이 많이 없어. 너희는 엄마 차에 타서 기다리고 있어. 엄마랑 아빠가 가서 어떻게 해서든 그 《토정비결》 진본을 가지고 올게. 알았지?"

"엄마, 아빠. 거기 너무 위험한 거 아냐?"

"아니야. 아마 우리를 건들지는 못할 거야. 걱정하지 마."

엄마는 평소에는 보지 못한 가장 밝은 미소를 보여주며 출발했다. 하지만 아빠의 표정은 조금 굳어 있었다. 그런 아빠의 표정을 눈치챈 엄마는 자연스럽게 아빠의 손을 잡아주었다.

그들은 아주 위험한 곳으로 가는 것이었지만, 생각보다 겁이 나지는 않았다. 그들이 그동안 가장 두려워하고 겁내던 일들은 지금의 위험이 아니었기 때문이다. 그래서 오히려 그들은 지금 이 상황을 잘 이겨만 내면 진짜 모든 것이 끝이 난다고 생각했다. 그래서 그들은 두 손을 꼭 잡고, 다시 카페 하버로 향하고 있었다.

20. 해야만 하는 일

정우가 정신이 든 것은 강현에게 맞아 정신을 잃고 승합차 짐칸에 던져지고 나서 30분쯤 지난 후였다. 손은 뒤로 묶인 채였지만 다행히 짐칸으로 던져지면서 얼굴을 덮어놨던 천이 벗겨져 조금씩 앞이 보이기 시작했다. 다만 맞은 충격 때문인지 아니면 너무 많은 사건이 벌어져서인지는 모르겠지만, 자신의 상황을 파악하는 데는 시간이 한참 걸렸다. 그렇게 겨우 진정이 되었을 무렵 갑자기 차가 조금씩 흔들리며 누군가의 말소리가 들렸다.

“진짜 이래도 돼?”

“뭐 어때? 아저씨가 지금은 차에 아무도 관심이 없다고 했잖아.”

"그래도 진짜 좀 쫄리는데."

"쫄지 마. 솔직히 우리는 손해볼 게 없어. 형님이 말한 대로 밖에 있는 차 중에 한 대만 타이어를 뚫어놓고 이 책을 숨겨놓으면, 나중에 그 새끼들이 다 가고 났을 때 여기 와서 책만 찾아가겠다는 거잖아. 어차피 저기에 지가 들어는 가야겠는데 바지에 넣어 갈 수는 없고, 숨기긴 해야 하니 등잔 밑에 숨기겠다는 거니까. 진짜 머리는 좋아. 솔까 우리는 이 작업만 해놓고 숨어 있다가, 경찰에 신고나 해주고 형님 말대로 됐을 때 뽀찌나 좀 챙기면 되는 거지, 뭐. 그리고 혹시라도 일이 다 틀어지면 그때 저 책이라도 챙기면 되는 거고."

"근데 저 책이 그렇게 중요한 거면, 지금 우리가 들고 튀는 게 낫지 않아?"

"나도 그 생각을 안 해본 건 아닌데, 우선 우리는 저 책이 왜 저렇게까지 중요한 건지 몰라. 괜히 돈도 안 되는 거에 목숨 걸면 너무 바보 같잖아. 그렇다고 감당 안 되게 엄청난 거면 또 어떡하냐. 그리고 혹시라도 저 새끼들이 말이 잘됐는데 우리가 들고 튄 걸 알면 우린 그냥 뒤지는 거야."

"그러네……."

"그러니까 우리는 여기서 아까 아저씨 말대로 시킨 거나 하고, 여차하면 들고 튀자고, 오케이?"

"오케이!"

둘의 대화가 끝나자 정우는 차체가 좀 내려앉는 느낌이 들었다. 잠시 후 그 둘은 보조석 글로브박스에 뭔가를 넣고 나갔다.

정우는 이게 분명 함지가 말한 바로 그 책이라는 걸 확신했다. 그는 지금 상황이 참 아이러니했다. 그렇게 힘든 시간을 보내게 한 함지가 없애버리겠다고 한 책, 중학생 시절을 비참하게 만들고 지금도 누군가에게 자신을 팔아넘긴 강철 일당이 빼앗기지 않으려 숨긴 그 책이 바로 자신의 눈앞에 있으니 말이다.

하지만 정우가 할 수 있는 것은 아무것도 없었다. 지금 겨우 볼 수 있게만 된 것이지, 실제로는 손발이 묶여서 아무것도 할 수 없기 때문이다. 정우는 이 상황이 더 답답했다. 솔직히 이제야 함지에 대한 복수심을 내려놓았다고 생각했는데, 갑자기 납치당하고, 앞으로 어떻게 될지도 모르는 상황에서, 미래를 볼 수 있다고 하는 책이 눈앞에 있는 것이다. 그런데 심지어 자신은 아무것도 할 수 없다는 게 너무 답답하고 힘들었다.

"아, 씨! 왜 도대체 나한테만 이런 일이 생기냐고!"

"조용히 해!"

정우가 너무 답답한 마음에 자기도 모르게 혼잣말이 입 밖으로 튀어나왔다. 그런데 그 말을 듣고, 갑자기 눈앞에 강철이 나타나 대답을 한 것이다. 정우는 너무 놀라서 소리를 지를 뻔했고, 강철도 정우의 반응에 깜짝 놀라서 급하게 그의 입을 틀어막았다.

"으어아이어!"

정우는 너무 깜짝 놀라 한참이나 바둥거렸지만, 잠시 후에 상황을 파악했고, 조금 진정을 했는지 강철에게 무엇인가를 웅얼거렸다. 그런 정우를 보고 강철은 목소리를 낮추라는 신호를 하고, 막고 있던 정우의 입을 풀어줬다.

"뭐야? 네가 여기 왜 있어?"

"누가 알려주더라. 너 여기 잡혀있다고."

"누가?"

"몰라. 난 지금 여기서 처음 보는 사람들한테 이상한 말을 너무 많이 들어서 머릿속이 다 뒤죽박죽이라고!"

"그럼 왜 왔는데?"

강철은 정우의 질문에 대답은 하지 않은 채, 정우를 풀어주기 시작했다. 정우도 느낌상 강철이 자신을 해치려고 온 것은 아니라는 것을 알았기에 순순히 그의 행동을 지켜봤다. 정우를 풀어준 강철은 바로 도망가려고 했다.

"야! 잠깐만."

정우는 바로 글로브박스를 열어서 《토정비결》 진본을 챙겼다. 그렇게 둘이 차에서 나오자 멀리서 숨어있던 강철 일당이 튀어나왔다.

"강철아, 너 왜 여기 있어?"

"너희들이 저거 숨긴 거야?"

"어. 형님이 저 차 타이어 펑크 내고, 저 차에다가 숨겨놓으라고 했어."

"그놈이 무슨 형님이야. 다 나가리 됐으니까 가자!"

"뭔 소리야. 형님이 여기서 기다리라고 했다고! 알바비도 준다고 했는데!"

"저 사람 여기서 죽어. 못 나온다고. 아까 폰 몇 개 챙겼잖아. 그거 이상 안 나와, 오늘. 너희들 바이크 있지?"

"저기 있어."

강철의 말에 일당은 그대로 도망치기로 했다. 어차피 그들은 기다리면서도 일이 너무 위험하다는 생각을 하고 있었다. 지금이라면 별거 없이 휴대폰만 챙기고 빠져나올 수 있으니 좋은 기회라고 생각했다. 하지만 정우는 강철의 말처럼 움직이지 않았다.

"야, 가자니까."

"너 내 말에 대답 안 했어. 너 여기 왜 왔어?"

정우가 말하자 강철의 표정도 달라졌다. 강철은 순간 오만가지 생각이 들었다. 아니, 용기가 나지 않았다. 그동안의 자기 삶을 여기서 바꾸고 나아가야 한다는 것을 알고 있었기 때문에 더 쉽지 않았다. 하지만 그도 알고 있었다. 이미 답은 정해져 있고, 그는 해야만 산다는 것을.

"걔들이 내 미래를 봤대. 근데 내 인생에 더 이상 좋은 일은 없다는 거야. 앞으로 내 삶은 온통 나쁜 일뿐이고, 결국은 나도 곧 죽게 될 거라고. 게다가 내가 좋아하는 애도 나 때문에 죽을 거라고."

"그걸 믿어?"

"안 믿지. 아니 안 믿고 싶지. 근데 솔직히 감이란 게 있잖아. 내가 지금까지 살아온 게 있는데, 내 인생이 앞으로 어떻게 될지는 내가 더 잘 알잖아. 그런데 그 새끼가 그러더라. 아직은 기회가 있다고. 미래는 다 정해진 게 아니라고. 그러니까 너부터 구해주고 다시 시작하라더라. 미래는 내가 어떻게 선택하느냐에 따라 충분히 달라질 수 있는 거라고. 그래서 왔다. 믿지는 않지만, 그래도 잘못한 건 아니까."

"그래서?"

"그래서 뭐?"

"그러면 예전에 한 짓들은 다 잊혀져? 네 행동이 바뀐다고 내 기억이 지워지냐고."

강철은 순간 뭔가 결심한 듯 표정이 바뀌었다. 그리곤 정우 앞에 무릎을 꿇었다. 강철 일당은 강철을 보고 깜짝 놀랐다. 그의 앞에 서있던 정우도 놀랐다. 하지만 정작 무릎을 꿇은 강철은 진지했다.

"미안하다, 내가. 정말 잘못했다. 이런 게 너한테는 아무 의미가 없을 수도 있지만, 그래도 지금은 이 방법밖에 생각이 안 나서. 이렇게라도 사과할게. 진짜 미안하다."

정우는 자신의 앞에서 무릎을 꿇고 있는 강철을 보자 마음이 이상해졌다. 정우는 강철에게 그렇게 괴롭힘을 당하면서도 그를 원망하지는 않았다. 자신도 함지를 그렇게 괴롭혔던 기억이 남아서 일 것이다. 그에게 강철의 괴롭힘은 그저 궂은 날씨 같았다. 그리고 그런 생각은 자신이 함지에게 하는 행동에 대한 면죄부가 되기도 했다. 자신은 저런 새끼들이랑은 다르게 이유가 있다고. 당한 것에 대한 복수를 하는 거라고. 아무 이유 없이 쓰레기처럼 구는 놈들도 있는데, 자기처럼 이유가 있으면 당연한 거 아니냐고, 마음이 약해지려 할 때마다 수없이 되뇌던 말이다. 그런데 그런 강철이 자신의 앞에서 무릎을 꿇었다. 그리고 사과를 한다. 진심으로.

이제야 정우는 자신이 해야 할 일이 떠올랐다. 그리고 그것만 하면 정말 다시 시작할 수 있겠다는 생각도 들었다. 마치 강철이 들었다는 그 말이 자신에게 하는 말처럼 느껴졌다. 정우는 강철을 일으키며 말했다.

"그래, 난 다 받았다. 사과도 받았고, 도움도 받았고. 이제 끝났다. 얘들 데리고 빨리 가. 얘들도 네가 꼭 정신차리게 해라."

"너는?"

"나는 아직 아무것도 못 줬어. 사과도, 도움도."

"누군데?"

"있어, 너 모르는 애."

강철은 일당의 바이크 키를 하나 정우에게 줬다. 나머지 일당은 다른 바이크를 타고 도망쳤다.

지함은 강철에게 '차 안에 납치된 사람을 구해준 뒤 도망치라'고 했다. 정우를 구해준 강철은 이제 도망치기만 하면 되지만, 이렇게 가버리면 남은 사람들은 어떻게 되는지가 걱정되어 찝찝한 기분이었다. 그때 강철의 폰이 울렸다.

囍

순간 일부러 요란하게 출발하는 바이크 소리에 카페 안에 있던 사람들의 관심이 밖으로 쏠렸다. 태혁은 불안했다. 분명히 자신이 데리고 온 애들이 도망을 간 것 같은데 일은 잘 처리하고 간 건지, 아니면 그냥 무서워서 간 건지 확신이 서지 않았기 때문이다.

태혁은 계속 두목의 표정을 살폈다. 뭔가 자신에게 불리하게 돌아가고 있다는 사실은 알고 있지만, 티를 내지 않으려고 노력하고 있었다.

"그런데 태혁아."

"예, 형님."

"너 그거 아냐? 이제 시간이 얼마 안 남았어. 네가 말을 안 하면 너부터 곤란해져."

"네?"

그때 카페 앞에 검은 차 몇 대가 빠르게 들어와서 섰다. 조수석에서 정장 입은 남자가 내려서는 정중하게 뒷문을 열었다. 귀족 부인처럼 차려입은 70대 여성은 아무 거리낌 없이 카페 안에 들어섰다. 카페 안에는 조폭들이 줄지어 서 있었지만, 노부인은 아무도 신경 쓰지 않고 바로 두목에게로 빠르게 걸어가서는 다짜고짜 뺨을 때리며 소리질렀다.

"애들은 건들지 말라고 했지!"

두목의 뺨을 때리는 소리로 카페가 다 울릴 정도였다. 모두가 저 할머니는 누군지 모르겠다는 생각을 했지만, 두목조차 노부인에게 맞은 뒤 고개를 숙이고 가만히 있을 뿐이었다. 두목의 한마디에 모두가 경악했다.

"송구합니다, 회장님."

태혁은 그제야 두목이 일반인은 건드리지 말라고 전 같으면 하지 않을 지시를 내린 이유를 알게 되었다. 이 일의 뒤에는 회장이 있었다. 인천에서 가장 유명한 무당, 정치인들마저 움직일 수 있는 거물.

아직 화가 다 풀리지 않은 그녀는 또다시 두목의 뺨을 때렸다. 한 대, 두 대, 세 대, 네 대……, 열 대 넘게 때리고 나서야 멈췄다. 70대 노인의 폭행이야 조폭 두목에게는 뺨이 조금 빨개질

뿐이었지만, 두목은 모든 조직원이 보는 앞에서 맞았다는 모멸감이 더 큰 폭행처럼 느껴졌다. 두목이 맞는 동안 회장을 따라온 정장 입은 남자들이 안에 있던 조폭들을 포위했다.

두목은 자세를 고치고 서서 말했다.

"회장님, 고정하십시오. 아이들은 다 무사합니다."

"무사해? 무사해?"

회장은 그 말에 화가 더 났는지, 두목의 뺨을 더 때렸다.

"내가 그냥 지켜만 보라고 했잖아. 그냥 때가 될 때까지. 보기만 하라고! 그게 어려워? 그게 그렇게 힘든 일이야?"

"지켜보고 있었습니다. 어제까지 아무 일도 없었고요. 손자분은 금방 찾아낼 겁니다. 죄송합니다. 진정하시지요."

지함의 외할머니인 회장은 옆에 어정쩡하게 서 있는 태혁에게 눈이 갔다. 태혁은 그녀의 눈빛만으로 이미 주눅이 들었다. 회장은 그에게 천천히 다가가며 위아래로 훑어보았다.

"얘지? 우리 손자 죽이겠다고 쫓아간 놈."

두목은 태혁만 눈치챌 정도로 살짝, 비열하게 웃음을 지었다.

"네."

회장은 태혁이 피할 틈도 없이 그의 뺨을 사정없이 때리기 시작했다. 그렇게 10대 정도를 때리고 나더니, 숨을 고르고, 옷매무새를 고치며 태혁에게 말했다.

"어디 평생 종 노릇이나 할 종자가 욕심을 부려서 대업을 망쳐 봐? 넌 네가 무슨 일을 저지른 줄도 모르지? 행여나 이번 일이 조금이라도 잘못되면, 평생 쫓겨다니면서 살 줄 알아! 평생을 단 한숨도 편히 잠들지 못하게 돼! 감옥 가는 걸로 끝나지 않아. 그냥 벌벌 기면서 나한테 죽여달라고 할걸?"

회장은 그렇게 말하고는 힘들었는지 수행원 하나가 가져온 의자에 앉았다.

태혁은 소름이 돋았다. 더 이상 무엇인가를 계획하고 협상을 할 상황이 아니었다. 태혁의 표정이 바뀌자 두목은 비웃음을 머금고 다가와 얘기했다.

"거 봐. 내가 시간이 없다고 했잖아. 아직도 100억이 필요해? 회장님이랑 직접 얘기해보지 그래?"

태혁은 무너졌다. 여기서 그가 살아남을 수 있는 방법은 《토정비결》 진본을 바치는 것뿐이었다. 태혁은 속으로 빌었다. 제발 양아치들이 시키는 대로 하고 갔기를 간절히 바라고 있었다.

"밖에 있는 차 중에 타이어가 터진 차가 있을 겁니다. 《토정비결》은 그 차 글로브박스에 있습니다. 잘못했습니다. 제가 한순간에 눈이 돌아서 정말 미쳤던 것 같습니다. 살려주십시오. 시키시는 대로 다 하겠습니다. 정말 잘못했습니다."

태혁의 말이 끝나자마자 입구에서 가장 가까이 있던 검은 옷을 입은 사내가 밖으로 뛰어나갔다. 그가 다녀온 시간이 그리 길지는 않았지만, 태혁에게는 그 시간이 몇 년은 되는 것처럼 길게 느껴졌다. 잠시 후 그 뛰어나갔던 사내가 들어와서 말했다.

"없습니다."

태혁은 자신의 삶이 끝났다고 생각했다. 그리고 직감했다. 이대로 죽는다고.

"살려주십시오. 살려주세요. 제가 누가 가져간 건지 압니다. 기회를 주시면 지금 제가 쫓아가서 바로 찾아오겠습니다."

회장은 오히려 갑자기 차분해진 얼굴로 태혁에게 다가갔다. 그리고 아주 천천히 말했다.

"그깟 애들 잡는 거. 너보다 못하는 애가 여기 있겠니? 내가 말했잖아. 앞으로는 죽여달라고 빌게 될 거라고."

회장이 그렇게 말하며 일어나는 순간, 큰 굉음과 함께 카페에 있던 모든 입구와 창에 철장이 떨어져 내려왔다. 순간 카페의 모든 공간은 굵은 철장으로 막혀버렸다. 한 번에 떨어진 철장은 안에 있는 누구도 밖으로 나오지 못하게 만들었다. 한순간에 감옥처럼 변해버린 공간에 갇혀 버린 사람들을 모두 당황했다.

하지만 외할머니는 지금 이 상황이 누구의 수작인지 알고 있는 듯했다. 잠시 후 카페의 창문 앞쪽으로 아빠와 엄마가 천천히 걸어 나왔다. 그리고 엄마의 손에는 《토정비결》 진본이 들려 있었다. 외할머니는 딸을 보자마자 미친 듯이 소리를 지르기 시작했다.

"너!"

"이걸 얻으려던 거였어요?"

"뭐!"

"이걸 바란 거였냐고요!"

"다 왔는데, 이제 다 끝났는데……. 결국 네가!"

"뭐가 끝났는데? 도대체 어디까지 할 건데!"

"내가 뭘! 내가 뭘!"

"지금도 충분하잖아. 지금도 엄마가 맘대로 할 수 있는 세상이잖아. 근데 왜! 이제 딸도 모자라서 손주들까지 욕심을 부리냐고!"

"넌 몰라. 이년아! 넌 처음부터 다 보였지? 처음부터 동자신이 쫓아다니면서 놀아달라 졸랐던 년이 알 리가 없잖아! 그렇게 쉽게 된 년들은 절대 모른다고. 네가 알아? 내가 어떻게 무당이 됐는지? 내가 어떻게 해서 그 동자신을 얻었는지 네가 아냐고!"

"몰라. 알고 싶지도 않아. 그래서 나는 아무것도 안 했잖아! 난 그냥 엄마가 시키는 대로 죽어 살았잖아. 엄마가 원하는 대로 아무것도 욕심내지 않고 살았잖아."

"넌 다 누리고 살았어. 내가 모를 줄 알아? 내 앞에선 죽은 척했어도 저놈이랑 여기서 그동안 몰래 산 거, 동자신이랑 수시로 노닥거린 거! 내가 모를까봐?"

"그래서 뭐? 그래도 다 엄마 말대로 산 거잖아. 애들이랑 같이 못 살고, 예쁘다고 제대로 한 번 안아주지도 못하고! 그렇게 피

같은 내 새끼들 품지도 못하고 살았는데, 도대체 왜 그런 건데? 애들한테까지 왜 그러는 건데!"

엄마는 조금이라도 자신의 엄마를 이해하고 싶었다. 평생을 그녀에게 붙잡혀 살았지만, 그래도 조금은 그녀를 이해해주고 싶었다. 그래서 물었던 것이다. 왜냐고. 왜냐고. 왜 이렇게까지 하냐고. 조금이라도 공감을 하고 싶어서 물었다.

"누가 주는 거 말고, 누구한테 빌려 쓰는 거 말고, 눈치 봐야 하는 거 말고, 언제 사라질까 불안해하는 거 말고! 내 꺼! 내 능력! 온전히 그냥 내 능력으로 미래를 보고 싶었다고!"

뼈가 부서져 내리는 기분이었다. 영혼이 바람에 모두 날아가 버리는 것 같았다. 알고는 있었지만, 자신의 엄마가 그런 사람이라는 것을 너무 잘 알고 있었지만, 아니길 바라고 있었다. 다른 변명이라도 듣고 싶었다. 하지만 자신이 아는 엄마는 하나도 변하지 않았다.

"그래서 그랬던 거야? 엄마. 처음부터 그래서 그랬던 거야?"

엄마의 눈에는 눈물이 흘렀다. 외할머니의 눈에는 피눈물이 고였다. 그들은 알고 있었다. 그 자리에 있는 누구도 그들을 똑바로 쳐다볼 수 없었다.

21. 이상한 가족

남자와 여자는 둘만의 행복한 시간을 보내고 있었다. 우연처럼 만난 사이였지만, 함께하는 시간이 쌓일수록 서로는 서로를 운명이라 믿게 되었다. 스스로 한 번도 원하지 않았던 성직자의 삶에서 벗어난 남자도, 딸임에도 불구하고 자신을 질투하는 엄마에게서 도망쳐온 여자도, 둘이 함께하고 있는 매 순간이 그저 꿈만 같았다. 하지만 행복한 시간이 이어지면 이어질수록 그들의 불안도 숨길 수 없었다.

"잘된대요. 뛰어내리지 말고, 한 2년 숨어있다가 오면 다 잘될 거래요."

동자신이 알려준 대로 여자가 남자에게 했던 말. 그 2년이라는 시간이 자신들을 마치 시한부 인생인 것처럼 느끼게 했기 때문이다. 같은 불안을 느끼고 있던 둘이지만 한 번도 입 밖으로 그 말을 하지는 않았다. 하지만 서로의 불안감은 결국 서로에게 숨어있는 멍이 되어가고 있었다.

그런 모든 불안을 한 번에 날려준 것이 바로 아이였다. 여자에게 아이가 생겼다는 사실을 알게 된 순간, 어쩌면 2년 뒤면 모든 인연이 끊길지도 모른다고 생각했던 불안이 모두 사라졌다. 그들이 함께하는 시간 내내 자신들도 모르게 서로의 미래에 대한 말을 한 번도 하지 못했다. 하지만 아이가 생겼다는 사실을 아는 순간, 그들에게도 함께 그려나갈 미래가 생긴 것이다.

"뭐? 쌍둥이라고? 그것도 아들 딸 하나씩?"

오랜만에 놀러온 동자신이 여자의 뱃속에 아이가 둘이라는 사실과 서로 성별도 다르다는 이야기를 해주었을 때, 그들의 행복은 정점에 달했다. 그들은 온전히 가족의 미래와 행복을 준비하고 있었다.

"애들 이름을 미래랑 행복이라고 지을까?"

"너무 놀림당하지 않을까?"

"뭐 어때, 예쁜데. 분명히 자랄 때는 힘들어해도 나중에 다 크고 나면 고마워할 거야!"

"자기가 원하면 나는 상관없어. 미래는 그래도 나은데, 행복이는 나중에 좀 곤란할 거 같네. 할아버지 돼서 동사무소에 갔는데, 누가 '이행복 할아버지!' 이렇게 부르면 좀 웃기잖아."

"왜? 난 그게 더 좋은데? 이행복 할아버지? 나중에 할아버지가 돼도 진짜 행복할 것 같은 이름이지 않아?"

아이들의 이름을 지으면서 행복한 시간을 보내는 중에도 그들이 잊은 2년이라는 시간은 다해가고 있었다. 무슨 운명인지 그 쌍둥이가 세상에 태어나던 날은 남자와 여자가 다리에서 처음 만난 날로부터 정확히 2년이 되는 날이었다. 그 사실을 까맣게 모르고 있던 남자와 여자는 산부인과에서 이제 막 세상에 나온 아이들을 보며 마음껏 행복해하고 있었다.

그리고 그날, 여자의 엄마와 남자의 아버지가 산부인과로 찾아왔다. 아무에게도 알리지 않고 살아온 그들이었지만, 갑자기 찾아온 엄마와 아버지의 방문에 그리 놀라지는 않았다. 아마 그들도 느끼고 있었는지도 모르겠다. 부모들이 자신을 잠시 놔두고 있었다는 사실을. 그들이 뜻하지 않은 방문에 놀라지도 않고 겁내지도 않았던 이유는 그들의 품에 안긴 아이들 때문이었다. 부모들이 자신들의 고집을 꺾지 못하고 자신들을 그저 지켜보았듯이, 결국은 그들도 생명의 탄생에는 어쩌지 못할 것이라는 믿음이 있었기 때문이다. 하지만 그런 그들에게 부모들이 전한 이야기는 아주 충격적이었다.

여자의 엄마와 남자의 아버지는 산부인과에 가기 전, 바로 앞에 있는 호텔 카페에서 먼저 만났다. 연락을 먼저 한 건 여자의 엄마였다. 호텔 카페에서 마주한 그들은 누가 봐도 너무 어울리지 않는 사람들이었다.

여자의 엄마는 빨간색 원색의 투피스를 차려입고 챙이 넓은 빨간색 모자와 빨간색 매니큐어까지 하고 있었다. 빨간색 하이힐에 가방까지 빨간색을 맞춘 그녀는 실내에서도 빨간색이 들어간 선글라스를 벗지 않았다. 반면 남자의 아버지는 품이 넓은 회색 정장에 하얀색 와이셔츠를 입고, 넥타이마저 정장과 비슷한 회색 무늬였다. 그들은 서로를 마주보는 순간, 앞으로의 관계를 이미 느끼고 있었는지도 모르겠다.

"왜, 예로부터 출산을 하면 금줄을 걸었잖아요. 액운을 막고 복을 준다는 의미가 있어서 오늘 저도 빨간색으로 입고 왔어요. 제가 인간 금줄이 되어 보려고요."

"……예."

마주한 지 몇 분 만에 서로 어렵게 시작한 대화였지만, 금세 다시 침묵과 어색함이 흘렀다.

"근데 어떻게 아신 건지……."

"저희 동자신께서, 아, 실례는 아니죠?"

"아……, 예."

둘의 직업적 특성상 대화는 계속 이어지기 어려웠다. 다만 조금 더 목적이 분명한 쪽에서 대화를 주도할 수밖에 없었다.

"제가 오늘 뵙자고 한 것은 갑작스런 소식에 경황이 없으시겠지만, 앞으로 어떻게 해야 할지 상의는 좀 해야 할 듯해서요."

"그렇……지요."

"그럼 빙빙 돌리지 않고 단도직입적으로 여쭤볼게요. 혹시 저희 딸을 며느리로 받아들이실 수 있나요?"

남자의 아버지 머릿속에선 엄청난 갈등이 시작되었다. 자신의 위치와 사람들이 바라보는 사회적 명망이라면 그는 당연하게도 이 상황을 그 어떤 선입견과 차별도 없이 온전히 사랑으로 받아들여야 할 것이었다. 하지만 마음대로 무엇인가를 결정하기도 쉬운 상황은 아니었다. 명성을 쌓아온 목회자 집안이고, 자신은 이 나라를 대표하는 교단을 이끄는 리더였다. 과연 그런 아들이 불미스러운 사고로 혼전임신을 하고, 그로 인해 무당집 딸과 결혼을 한다는 사실이 알려진다면……. 자신의 체면 문제가 아니라 교회 전체에 커다란 폐가 될 수도 있기 때문이다.

여자의 엄마는 자신의 질문에 쉽게 대답하지 못하는 남자의 아버지를 보고 자신의 예상이 적중했다고 생각했다. 그녀는 이 질문을 통해서 이 자리의 주도권을 가지고 왔다고 확신했다.

"우리야 문제가 없죠. 아니 어떻게 생각하면, 제 사업에는 오히려 큰 덕이 되어주실 수도 있죠. 제가 모시는 신이 하나님까지 줄이 닿았다고 생각할 수도 있으니 말이에요."

"으흠……."

이 말은 남자의 아버지 심기를 아주 불편하게 만들었다. 자신이 생각해도 이 혼사가 이루어졌을 때, 여자 엄마의 비아냥이 교인들의 입에서도 나올 것 같았기 때문이다.

"그런데 실은 저도 이 상황이 마냥 좋지만은 않습니다. 그래도 명색이 인천 최고의 무당인데, 딸년이 목사랑 눈맞는지도 몰랐다는 건 그리 자랑할 일은 아니니까요."

"그래서……, 결론이 뭡니까?"

"목사님께서 맘이 급하시네. 난 또 워낙 설교를 길게들 하시니까 성격도 좀 느긋하신 줄 알았죠. 그럼 결론만 말하자면, 이 혼사 숨기시죠."

"……뭐라고요?"

"말 그대로 숨기자고요."

남자의 아버지는 전혀 예상치 못했던 여자 엄마의 말에 순간 뇌가 멈추는 듯했다. 자신의 삶에서 오늘 같은 만남도 예상한 적이 없었지만, 태어나서 듣도 보도 못한 말을 듣자니 마치 꿈을 꾸는 것 같다는 생각까지 들었다. 이내 정신을 차린 남자의 아버지가 말했다.

"혼사야 숨긴다고 하지만, 태어난 손주들은…… 어떻게 하겠다는 겁니까?"

"아이들도 숨겨야죠. 세상에 어찌 내놓습니까?"

"도대체……?"

남자의 아버지는 이 대화가 아주 불편하고 못마땅했다. 마음

같아서는 지금이라도 당장 자리를 박차고 나가고 싶었지만, 몸은 마음처럼 움직이지 않았다. 자신도 지금 다른 방법이 없다는 사실을 알고 있었기 때문이다. 그래서 얼굴을 붉히는 것 말고는 할 수 있는 게 없었다.

"좀 진정하세요. 그냥 방법만 좀 달리 하자는 겁니다. 혼인신고도 하고, 호적에도 올리지만, 사람들에게만 알리지 말자는 뜻이에요."

'말 같지도 않은 말을…….'

남자의 아버지는 듣고도 가만히 있을 수밖에 없었다. 온몸은 부들부들 떨리고 등에는 식은땀도 흘렀지만, 그는 결코 그 자리를 박차고 나갈 수 없었다. 어쩌면 그것이 그가 짊어지고 있는 무게일지 모른다.

"양가 집안 모두 곤란한 일 아닙니까? 사돈어른 신경 안 쓰이시게 제가 잘 처리할 테니, 우리 사위 어디 유학이라도 좀 보내주세요. 돈이 필요하시면 제가 대겠습니다."

남자의 아버지는 계속 혼란스러운 상태였지만, 저 빨간 옷을 입은 무당이 자신을 사돈이라 지칭하는 것을 듣는 순간 정신이 확 들었다. 그렇다. 이것은 사람의 도리나 인정에 대한 문제가 아니었다. 남자의 아버지는 이 혼사가 밝혀지는 순간 저 무당을 자신의 사돈이라고 소개해야 하는 것이었다. 그의 심경은 아주 불쾌하고 불편했지만, 그의 이성은 아주 빠르게 정리되고 있었다. 그래서 그의 결정은 이제 그렇게 어려운 것이 아니었다.

"결혼 문제는 그렇게 한다고 해도, 손주들은 어떻게 하시겠습니까. 그래도 우리 아들 피를 물려받은 아이인데……. 혼사는 어찌해도 핏줄은 지울 수 없습니다."

"사위가 한국에 돌아오시면 손자를 보내겠습니다. 그때까지는 당연히 어미가 길러야지요. 손녀는 저희가 저희 방식대로 잘 키우겠습니다. 우리 손자는, 사돈께서 어련히 잘 키우시겠지요?"

"아……, 예."

"다만, 조건이 있습니다."

남자의 아버지는 긴장했다. 지금까지의 대화가 자신에게 유리하게 돌아가고 있었기 때문에 조금 안심하고 있었는데, 내심 불안했던 마음처럼 여자의 엄마가 조건을 달려고 하는 것이었다. 그는 저 무당의 입에서 어떤 말이 나올지 너무 불안했다.

"아이들의 이름은 제가 짓게 해주세요. 꼭 그 이름으로 호적에 올려야 합니다."

"……알겠습니다."

남자의 아버지는 안심했다. 그 정도 조건은 마다할 이유가 없었다. 이름만 포기한다면 그쪽에서 모든 책임을 지겠다고 하는 것이었다. 훨씬 더 이상한 조건을 걱정했던 그에게 이유는 중요하지도 않았다.

"물론 그럴 일은 없겠지만, 이 혼사 이외에 그 어떤 혼사도 안 됩니다. 저희는 혼사를 숨기는 것이지, 연을 끊어내려는 것이 아니니까요."

남자의 아버지는 뭔가 찜찜했다. 하지만 그에게는 거부할 수 없는 조건이었다. 자신의 마음으로는 지금 태어난 아이들 둘 모두 목회자로서의 삶을 이어가게 해주고 싶었지만, 하나라도 별다른 다툼 없이 거둘 수 있는 게 다행이었다.

"그렇게…… 하시지요."

그렇게 이미 모종의 계약을 마친 여자의 엄마와 남자의 아버지는 차분한 마음으로 산부인과에 들어갔다. 그들을 맞이하는 남자와 여자의 표정은 이미 각오하고 있었다는 듯이 당당했다. 이러한 상황이라면 처음 만난 배우자의 부모에게 인사부터 해야겠지만, 지금 이들에게는 서로에 대한 예의를 지키는 것보다 아이들을 지키는 것이 우선이었다.

"우리는 헤어질 수 없어. 봐, 아이들도 생겼다고. 이제 아무도 우리를 못 떼어 놔. 사람 인연이 얼마나 질긴지. 엄마가 더 잘 알잖아."

여자는 반은 빌듯이 또 반은 협박하듯이 낮은 목소리로 그의 엄마에게 읊조렸다. 여자는 누구보다 자신의 엄마를 잘 알고 있기에, 그녀도 어쩔 수 없을 것이라는 생각이 들면서도 불안한 마음을 숨길 수 없었다. 여자는 간절했다, 그 어떤 순간보다.

“무슨 말씀을 하실지는 모르겠지만, 아버지께서 말씀하시는 것은 무엇이든 하겠습니다. 학교로 돌아가도 좋고, 교회에서 봉사만 하라고 해도 좋습니다. 그저 우리 가족만 함께 살게 해주세요. 전 그거 하나면 됩니다. 제가 어떤 삶을 살아도 상관없으니, 우리를 함께 살게만 해주세요. 부탁입니다.”

여자와 남자는 각자의 부모에게 빌었다. 아마 그들도 알고 있었기 때문이다. 서로의 부모들이 얽히는 건 결코 쉽지 않은 문제라는 것과, 이 아이들의 존재도 그들은 어쩌지 못하는 변수라는 것을. 하지만 이 모든 것을 예상한 사람은 바로 여자의 엄마였다.

“죽는다고 해야 합니다. 시키는 대로 하지 않으면 저 아이들이 죽는다고 해야 말을 들을 것입니다. 반드시 명심하세요. 죽는다고 해야 합니다.”

여자의 엄마가 산부인과 앞 카페에서 남자의 아버지에게 마지막을 했던 말이다. 여자와 남자가 아이들을 앞에 두고 부모들에게 빌고 있을 때, 여자의 엄마는 남자의 아버지에게 말했다.

“이제 각자 알아서 하시는 것이 좋겠습니다.”

여자 엄마의 말에 시선도 주지 않고 대답한 남자의 아버지는 남자에게 말했다.

"나가자. 나가서…… 얘기하자."

남자의 아버지 표정과 말투는 단호했다. 남자는 알고 있었다. 자신이 저 표정을 한 아버지를 한 번도 이겨본 적이 없다는 사실을. 하지만 지금은 달라야 한다는 사실도 알고 있었다. 남자는 아버지를 따라나서기 전에 아이들을 한 번 더 만져보았다. 그리고 지금 나가서 아버지가 어떤 표정을 짓는다고 해도 다 이기고야 말겠다고 다짐했다.

신기가 있는 여자는 아버지를 따라나서는 남자의 뒷모습이 멀게 느껴졌다. 이대로 남자를 보내면 아주 오랫동안 보지 못할 것이라는 걸 느낀 여자는 울부짖었다. 가지 말라고, 가지 말라고, 가지 말라고. 하지만 남자는 신기가 없었고, 이제는 이길 수 있다고 생각했다. 그래서 자신을 향해 울부짖는 여자에게 웃으며 말했다. 다녀오겠노라고, 금방 다녀오겠노라고. 그리고 남자는 돌아오지 않았다.

남자의 아버지는 이미 자신의 교회에서 힘 좀 쓰는 청년들을 불렀다. 그들에게 자신의 아들이 시험에 들었다고 말했다. 그래서 기도가 필요하다고. 자신의 재단에서 운영하는 가장 깊은 곳에 있는 기도원으로 아들을 보냈다. 그리고 그곳에서 일주일의 시간을 홀로 두었다. 그리고 아버지는 아들을 찾아갔다.

"우선은 네 기운부터 빼야 했다. 그래야 내 얘기가 너에게 닿을 것 같아서."

“아버지, 아버지 손주들입니다. 제 아이들입니다.”

“아이들이…… 죽는단다. 그대로 너희가 함께 살면, 아이들이 죽는단다. 이렇게 떨어져 있지 않으면, 그 아이들이 죽을 운이라고.”

“아버지, 아버지는 목회자시잖아요. 하나님을 섬기시는 분이 어떻게 그런 말도 안 되는 말을 믿으십니까.”

“그 무당…… 말을 믿은 것이 아니라, 내 눈을 믿었다. 네가 그 여자와 애들 사이에서 불안에 떨며 내게 빌던 그 눈빛. 그 눈빛은 그 어느 것도 책임질 수 없는 눈이었고, 그 어떤 것도 이끌 수 없는 눈이었다……. 너는 내가 목회자라고 했지? 너도 나와 같은 길을 갈 사람이다. 너의 마음이 잡히고 각오가 생기면, 그때…… 다시 얘길 하자.”

그렇게 남자는 1년이라는 시간을 기도원에 있었고, 그 이후에 아버지를 통해 여자 엄마와의 얘기를 들었다. 그날 남자는 아버지와 함께 집으로 올 수 있었고, 그리고 그날은 지함이 남자의 집으로 온 날이기도 했다.

남자가 아버지를 따라 나가자 여자는 실신할 정도로 오열했다. 이미 그녀는 이 모든 상황을 예감했다. 자신의 엄마가 어떤 사람인지를 너무 잘 알고 있었기 때문에. 여자가 울다가 실신한 동안, 여자의 엄마는 간호사를 불러 여자에게 수액을 맞도록 했고, 그동안 아이들을 묘한 눈빛으로 바라보기 시작했다. 그리고 그녀는 조용히 전화를 걸어 누군가를 불렀다.

잠시 후 알록달록한 색동한복을 입은 한 여자가 입원실로 들어왔다. 여자가 눈을 뜨자 눈앞에 제일 먼저 보인 것은 바로 그 여자였다. 그리고 여자는 굳이 말하지 않아도 누군지 알 수 있었다. 바로 자신의 분신이었다.

"언니."

"언니라고 부르지 마."

"언니."

"하지 마. 나한테 아무 말도 하지 마."

"언니는 알죠? 아이들이 조금 다르다는 거."

여자는 알고 있었다. 진통이 오기 시작한 순간부터, 그리고 10시간 넘는 진통 끝에 아이들이 한 명씩 세상으로 나오는 순간부터 이상한 기운과 불안이 아이들을 감싸고 있다는 사실을 말이다. 그래서 여자는 더 간절했다. 아이들을 보고 있으면 보고 있을수록 점점 더 무슨 일이 일어날 것 같은 예감이 강하게 느껴졌기 때문이다.

"아이들이 죽어요."

여자는 분신의 한마디에 또 눈물이 흐르기 시작했다.

"살릴 수 있어요. 알잖아요. 방법이 있다는 거. 엄마 말대로 해요. 살릴 수 있어요."

여자는 아무 말도 하지 못하고, 울고만 있었다. 아이들의 생명에 관한 이야기에 엄마가 버틸 방법은 없다. 무너진 여자를 보며 여자의 엄마는 차분하게 말을 꺼냈다.

"어차피 이리 될 일이었다. 내가 정말 몰랐겠니? 네가 그 남자와 연을 맺는 순간부터 이 아이들이 세상에 나오는 순간까지, 내가 모르고 있었던 것은 하나도 없었다. 하지만 네 힘으로 막을 수 없다는 것도 알고 있었고, 내 힘으로 지킬 수 있다는 것도 알고 있었다. 그래서 지금부터는 내가 지키마. 네 아이들, 이 어미가 책임지마. 걱정 말아라."

여자의 엄마는 남자아이에게 지함이라는 이름을, 여자아이에게 함지라는 이름을 지어 남자의 아버지에게 알렸다. 여자의 엄마는 강이 흐르고 산으로 둘러싸인 곳에 흙으로 집을 지어 아이들을 길렀다. 동쪽에는 남자아이의 방을 두고, 서쪽으로는 여자아이의 방을 두었다. 쌍둥이였지만, 여자의 엄마는 절대 같이 두는 일이 없었다. 오직 두 아이가 만나는 순간은 여자가 아이들에게 젖을 물리는 시간뿐이었다. 그렇게 1년이라는 시간 동안 여자와 아이들은 여자의 엄마와 함께 그곳에서 생활했고, 1년이 되던 날 남자아이를 남자에게 보냈다.

"이 아이들은 같은 날 태어났지만, 같이 붙어있으면 안 되는 운이다. 내가 너희 가족을 이렇게 흩어놓는 이유도 아이들의 기운이 합쳐지면 모든 대운을 막아버리기 때문이다. 그러니 이제는 어쩔 수 없이 따로 살아야 한다. 너희가 모두 함께 모이는 것은 1년에 단 하루, 아이들의 생일뿐이다."

그 뒤로 여자와 남자의 삶은 참 이상하고 묘했다. 사람들의 눈을 피하며 서로의 집을 들락거렸고, 전도사로 일하던 남자에게는 안 좋은 소문이 돌기도 해서 이곳저곳에 집을 두고 살았다. 그 집들은 당연히 인천에서 제일 유명한 무당인 아이들의 외할머니가 마련해주었다. 심지어 아이들 아빠가 교회를 개척해서 나올 때는 어마어마한 건축헌금까지도 주었다.

이 가족은 그렇게 이상하게 살았다. 아빠와 엄마는 각자 자주 보며 컸지만, 모두 함께 모이는 날은 아이들의 생일날뿐이었다. 여자와 남자는 어느새 그 생활에 익숙해져 버렸고, 아이들은 처음부터 이것이 당연하다고 생각했다. 마치 남들에게는 보이지 않는 것을 자기들은 보는 것처럼, 그저 사는 방식이 좀 다른 것뿐이라고. 그들은 그렇게 살아왔다.

22. 그대들의 선택으로

"처음부터 알고 있었어. 네가 저놈과 만났던 날, 동자신이 신나서 나한테 조잘대더라고. 이상한 인연이 꼬였다고. 그런데 나한테 좋은 일일지도 모른대. 둘의 연이 닿아 새 생명을 받으면 그 생명이 귀한 열쇠를 쥐고 태어날 거라고. 그 열쇠의 주인은 정해져 있지 않지만, 주인이 되는 순간 세상의 이치를 모두 알게 될 거라고 말했지."

"도대체 엄마의 욕심은 끝이 어디야!"

"왜 끝을 알아야 하는데? 더 갖고 싶고 더 이루고 싶은데, 왜 끝이 있어야 하는 건데? 나한테 세상의 이치를 알 수 있는 열쇠가 온다는데, 그 아이들이 내 미래를 찬란하게 빛나게 해준다는데, 내가 못할 게 뭐가 있을까?"

"그래서 무슨 짓을 한 건데!"

"동자신이 그러더라. 날 때부터 심상치 않을 텐데, 둘이 함께 있으면 서로가 서로의 기를 눌러서 살 만할 거라고. 그렇게 열쇠를 잘 숨기고 살 수도 있다고. 그 말을 들으니 소름이 돋더라고. 내가 세상의 이치를 알려면 얘네들을 떼어놔야 하는구나. 얘네가 따로 살아야 내가 찬란해지는구나!"

"말도 안 돼."

"첫돌까지였어. 각자 방으로 나눠 놓아도 서로의 기를 누르지 못했던 것은, 그런데 지들도 핏줄이라고 기어다니기 시작하니까 그렇게 서로 가깝게 가더라고, 서로의 기를 서로 눌러가며. 그렇게 놀려고 하더라. 그래서 보낸 거야. 각자의 기를 잘 키우라고."

"엄마……."

"왜? 내가 널 위해서 안 해준 게 뭐가 있어? 내가 그 애들을 위해 못 해준 게 뭐가 있냐고? 나는 진짜 애지중지 길렀어. 그 아이들이 잘 자라기를 누구보다 바랐다고! 그리고 오늘이야, 오늘! 그 아이들이 성년이 되고! 각자 그동안 잘 길러온 운으로 열쇠를 꺼내서 세상의 이치를 나에게 선물할 날이! 그런데, 그런데! 내 딸년이! 저 아이들의 어미라는 년이! 모든 걸 다 망치고 있는 거라고!

딸아. 이거 열어? 이거 열고! 아이들이랑 그 능력만 모아서 나한테 주면 내가 다해주마. 너희들에게 평생 뭐든지 해준다고. 어디든 가! 경치 좋은 시골도 좋고, 바다 건너 다른 나라라도 좋으니, 이 애미 잊고 너희들끼리 편히 살다 내가 물려주는 거 받아서 대대손손 호강하며 살면 된다고."

"엄마도 알지? 그렇게 될 수 없다는 거."

순간 외할머니의 표정이 무섭게 변했다. 아마도 그녀의 마음속에 있는 불안함이 엄마의 말에 피어오르기 시작한 것이다.

"나는 자라는 내내 엄마가 불쌍했어. 화려하게 꾸미고 사람들 앞에서 항상 주목받길 바라며 살았지만, 그 마음이 나한테는 오히려 가려질까 두려워하고, 버려질까 겁내는 것처럼 보였거든. 모시는 동자신을 위해 건물을 다 꾸미고, 엄마를 찾는 권력자들을 위해 화장을 고치는 모습이 항상 아슬아슬해 보였어. 근데 하나도 달라지지 않았잖아. 엄마. 걱정 마. 내가 다 포기하게 해줄게. 더 이상 불안해하지 않게, 다 포기할 수 있게 해줄게."

"안 돼! 그러지 마!"

지함의 엄마와 아빠는 카페에 갇힌 사람들을 뒤로하고 차로 갔다. 차 옆의 바이크에는 강철과 정우가 있었다. 엄마는 둘에게 다시 한번 고맙다는 인사를 했다.

"고마워. 너희가 이걸 주지 않았으면 정말 어떻게 됐을지 모르겠다."

"아니에요. 이렇게라도 도움이 될 수 있어서 다행입니다."

정우는 《토정비결》 진본을 손에 넣었을 때, 강철은 지함이 걱정스러웠다. 그 순간 강철의 폰이 울렸다. 강철의 미래가 바뀐 것을 본 지함이 다시 연락하고, 엄마와 만나 책을 전달해줄 것을 부탁했다. 그렇게 지함의 엄마에게 《토정비결》 진본이 전달되었다. 정우는 결국 강철을 통해서 함지를 도울 수 있었다.

그들은 모두 함께 지함과 함지와 대호가 기다리는 다리 위로 향했다. 불안한 마음에 속도를 내고 있는데, 새벽이라 그런지 아무런 인적도 없이 깜깜한 어둠만이 세상을 누르고 있는 기분이었다.

그렇게 다리에 도착하자 그들의 차를 보고 지함과 함지 그리고 대호는 앞으로 나왔다. 함지는 엄마의 차에서 내리는 정우를 보고 마음이 놓였다. 머릿속에 계속 정우의 미래를 생각하며, 그에게 더 이상 나쁜 일이 일어나지 않는다는 사실은 알았지만, 그가 실제로 눈앞에 보이자 그녀는 그제서야 진짜 안심할 수 있었다. 정우도 함지를 보자마자 비슷한 마음을 느꼈다. 그동안 자신이 분노를 지닌 채 그녀의 불행만을 바라고 있었지만, 이제야 모든 마음의 짐을 내려놓고 편히 그녀를 볼 수 있기 때문이다. 정우는 엄마와 아빠가 그들에게 다가오기 전에 그가 먼저 함지에게 다가갔다. 그들이 지금부터 할 일들이 얼마나 중요한 일인지 알기에, 자신이 먼저 마음을 전해야겠다는 생각이 들었기 때문이다.

"함지야."

"……."

"처음이지? 내가 너를 이렇게 불러본 게. 그리고 우리가 이렇게 마주하는 것도."

"어."

"지금 시간이 없는 건 알지만, 이 말은 꼭 하고 싶었어."

"……."

"미안해."

함지는 정우의 그 말에 두 손으로 얼굴을 감싸고 울기 시작했다. 정우는 함지의 반응에 조금은 당황했지만, 그 눈물의 의미를 왠지 알 것 같아서 한 번 더 말했다.

"미안해, 정말. 그리고 정말 고맙고."

"나도 미안해. 정말 몰랐어. 정말 미안해."

함지는 정우의 사과에 마음속에 있던 수많은 감정이 한 번에 모두 쏟아져 나오는 기분이 들었다. 그리고 그 감정들은 그녀의 눈물로 모두 씻겨나가고 있었다. 정우는 그런 함지를 그저 가만히 바라봤다.

엄마는 두 아이의 대화에 조금 더 시간을 주고 싶었지만, 시간이 없었다. 외할머니를 그 카페에 잠시 가둬두기는 했지만 오랜 시간을 잡아둘 수 없다는 것은 알고 있었다. 그래서 아이들이 되도록 최대한 빨리 나머지 과정을 진행했으면 좋겠다는 생각을 했다.

"함지야. 이 친구가 《토정비결》 진본을 구해왔어. 그러니까 우리는 좀 빨리 뭔가를 해야 할 것 같아."

"응. 알았어."

"그럼 우선 너희들한테 물을게. 이제 진짜 다 모였어. 그런데 아직 우리가 알고 있는 내용이 사실인지는 몰라. 그래서 실제로 이 일을 했을 때, 어떤 위험이 있을지도 몰라. 그래도 해볼래?"

엄마의 말에 함지와 지함은 바로 대답할 수는 없었다. 그들이 지금까지 살아온 삶이 결코 쉽지 않았기 때문에 이대로 그냥 살아가겠다는 선택도 쉽지 않았고, 지금 이 과정을 통해 달라질 것들이 어떤 결과를 만들어 낼지 전혀 예상할 수 없기 때문에 하겠다는 선택도 쉽지 않았다. 하지만 이 순간 지함은 이 결정은 자신이 해야 한다고 생각했다. 함지에 비하면 자신의 삶이 훨씬 수월했고, 이 모든 상황의 시작도 자신의 실수였기 때문이다. 지함은 갑자기 환하게 웃으며 엄마에게 말을 했다.

"엄마, 진짜 웃기지 않아요? 지금 이 모든 과정이 세상의 이치와 미래를 알기 위해 하는 건데, 정작 우리는 우리의 미래는 아무도 몰라요. 그러니까 앞으로 어떤 일이 일어난다고 해도, 우리에게는 어차피 일어날 수많은 불확실함의 연속이라는 거죠.

그래서 나는 그냥 해보고 싶어요. 이대로 아무것도 하지 않는다면, 우리의 삶이 지금처럼 여전히 우울할 것은 확실하거든요. 나는 나를 위해서라도, 그리고 함지를 위해서라도 해볼래요. 너는?"

함지는 지함의 말에 눈물을 닦았다. 지함은 지금 이 모든 상황이 자신의 실수 때문이라고 말했지만, 함지의 입장에서는 지함의 전화가 아니었다면 자신은 이미 이 세상에 없을 수도 있었기 때문이다. 함지는 결심하고 지함의 눈을 보며 고개를 끄덕였다. 그 눈빛으로 지함과 함지는 모든 것을 결정했다. 그리고 엄마는 그들에게 《토정비결》 진본을 건네주었다.

"해보자."

지함은 함지를 보며 말했다. 그는 함지와 함께할 수 있다는 사실이 너무 다행이라고 생각했다.

지함과 함지가 《토정비결》을 손에 들자, 그들의 머릿속에 책의 글자들이 쏟아져 들어오기 시작했다. 모든 글자가 들어오자, 글자 중에 몇몇이 깨져나갔다. 그러자 책이 마치 무중력 공간에 있는 것처럼 공중에 떠올랐다. 이제 틀어진 궤를 다시 맞추기만 하면 된다. 모든 사람은 그 광경을 신기하게 보고 있었다. 순간 처음 듣는 중년의 남자 목소리가 울려 퍼지기 시작했다.

"나와 같은 운명을 가진 이들이여. 우리는 다른 시간을 살지만, 이제 같은 공간에 있다."

목소리는 그 공간뿐만 아니라 강을 둘러싸고 있는 모든 곳을 울리는 듯한 느낌이었다.

"나는 평생 다른 이들의 미래를 보며 세상을 바꾸려 노력했다. 내 말이 위안이길 바라고, 내 눈이 약이 되길 바랐다. 나의 소리로 꿈이 춤추기를 바랐고, 내 힘이 희망의 꽃이 되길 바랐다. 허나 내 말은 독이었고, 내 눈은 칼이었다. 내 소리는 천둥이 되어, 사람들을 겁주고 세상을 부수었다. 원망하고 원망했다. 선물이라 생각했던 힘은 저주였고, 도우려 했던 마음은 외로움이 되었다.

같은 운명의 그대들이여. 나는 그대들이 지금 바로 이곳을 떠나길 바란다. 내가 줄 것은 그대들에게 결코 축복이 아니니."

이 말을 진심으로 이해할 수 있는 사람은 오직 지함과 함지뿐이었다. 그 시대의 이지함이 느꼈을 고통과 아픔과 외로움 또한 고스란히 전해졌다. 하지만 그 말에도 나가지 않고 그대로 서있는 그들에게, 다시 목소리가 들려왔다.

"어쩌면 이미 나와 같은 여정을 지나왔을 그대들이여. 그들이 지금 이곳에 닿았다는 것은 그대들을 이곳으로 이끈 간절함이었으리라 가늠한다. 아직도 그대들이 정녕 나와 같은 삶을 살고자 한다면 내 능력은 그대들의 것이다. 다만 잊지 마라. 주는 것이 나의 선택이듯이, 그것을 어찌할지도 그대들의 선택임을. 이

것이 나의 진짜 선물이다."

목소리가 말을 마치자 《토정비결》은 다시 그들 사이로 내려왔고, 책의 중심이 빛나기 시작했다. 그 순간 지함과 함지는 마음이 흔들리고 있었다. 이미 이 책 주인의 삶이 느껴졌기에 시작할 때와는 다른 두려움이 더해진 것이다. 함지는 지함에게 물었다.

"괜찮겠어? 어쩌면 지금보다 훨씬 힘든 삶이 될 수도 있어."

"알아."

"느꼈지? 저 사람의 삶이 어땠는지?"

"그래."

"네가 멈추자면 난 멈출 거야. 이대로 멈춰도 예전과는 달라. 그러니까 겁나면 하지 않아도 돼."

하지만 함지가 그렇게 말한 건 정작 자신이 너무 겁났기 때문이다. 그녀의 삶은 지금까지 사람들의 불행만 보며 살아왔던 삶이었다. 그리고 지함의 사진으로 능력이 증폭되었을 때는, 정말 세상의 모든 불행이 자신을 짓누르는 기분이었다. 그런데 지금 이 책에 손을 얹는 순간, 또 어떤 고통이 자신에게 몰려들지 너무 두려웠다. 그래서 솔직히 지금 당장이라도 모든 것을 멈추고 싶었다. 되돌릴 수만 있다면, 아니 지금 여기서 멈춰도 조금은 달라질 수도 있을 것이다.

그런 생각으로 걱정할 때, 갑자기 고막이 찢어질 듯 날카로운 외할머니의 목소리가 들렸다.

"어서 그 책 위에 손을 얹어!"

그 소리는 너무도 높고 커서 아까 그 목소리와는 다른 의미로 어둠을 뚫어내고 있었다. 외할머니의 목소리에 너무 놀라 소리가 나는 방향으로 시선을 돌린 셋은 순간 자신들의 눈을 의심할 수밖에 없었다. 외할머니는 이상한 철갓을 쓰고 지팡이를 들고 있었다. 지함과 대호는 저게 분명 토정 이지함 선생의 철갓과 지팡이인 것을 알아챘다. 외할머니는 여기까지 꿰뚫어보고 있던 것이다. 회장과 함께 들어온 사람들은 순식간에 모두를 제압했다. 강철과 정우는 팔이 꺾인 채 무릎을 꿇었다. 검은 옷의 사람들은 엄마와 아빠를 붙잡고 다리 난간에 올라갔다.

"어서 책 위에 손을 올려. 그리고 그 책에 너희 능력을 모두 담아."

"할머니!"

"아가들아, 너희가 이 할미 말만 들으면 정말 아무 일도 없을 거야."

"할머니!"

"난 그 책만 있으면 돼. 그 책만 주면 너희 모두를 풀어주마. 세상 어디든 가서 죽을 때까지 이 모진 할미를 원망하며 살아도 돼. 그러니 이 할미를 믿고 틀어진 궤를 맞추거라."

이 자리의 모든 사람이 외할머니를 두려워하는 동시에 그녀의 말에 경악했다. 할머니가 손자들에게 원하는 것을 얻기 위해, 자신의 자식인 부모를 인질로 잡고 협박을 하고 있는 것이었다. 지금 이 사람들은 모두 가족이었다.

"엄마 그만해, 제발."

엄마의 목소리에 지함과 함지는 더 심장이 뛰기 시작했다. 외할머니는 항상 강하고 무서운 사람이었다. 그리고 엄마는 그런 외할머니를 상대할 수 있는 차분하고 냉정한 사람이었다. 그런데 외할머니 앞에서 흥분한 엄마의 모습을 보고 있는 것이다. 그들에게는 이 상황이 가장 큰 공포였다. 분명히 무슨 일이든 벌어질 것 같았기 때문이다. 그때 지금까지 아무 말도 하지 않던 아빠가 입을 열었다.

"지함아, 함지야. 그 책을 잡아라."

외할머니는 아빠가 자신을 돕는다고 생각하고 가만히 듣고 있었다. 아빠는 그녀의 반응은 신경도 쓰지 않은 채 계속 말을 이어갔다.

"책을 잡아라. 그걸 강에 던져!"

"야!"

외할머니의 비명은 다시 또 어둠 속에 진동했다.

"책을 놓아야 한다. 지금은 그래야 한다. 미안하다. 나는 21년 전에 바로 이곳에서 성경책을 놓았다. 네 엄마 덕에 모든 걸 놓을 수 있었어. 그리고 너희를 얻었지. 너희가 세상에 나왔을 때, 나는 다시 한번 놓아야 했다. 네 할아버지의 손을, 그 말을, 그 힘을. 그런데 그걸 놓지 못해서 너희를 잃었어. 지금 너희가 그 책을 놓는다면 잃을 것도 많을 거야.

하지만 겁내지 않아도 돼. 분명히 얻는 것도 있을 거니까. 그러니까 겁내지 말고, 어서 놓아버려. 다 놓……!"

아빠의 말이 끝나기도 전에 외할머니는 검은 옷에게 신호를 해서 아빠를 다리 밑으로 밀어버렸다. 지함과 함지, 엄마 모두 소리를 질렀다. 이제 엄마의 눈은 실핏줄이 터져 외할머니처럼 피눈물이 흘렀다. 엄마는 검은 옷의 사람들을 떨쳐내려고 발버둥을 쳤지만 그럴 수 없었다. 외할머니는 그들을 보며 광기 어린 미소를 지었다.

"나는 모진 년이다. 하지만 모질지 않으면 견딜 수 없는 삶을 살았어. 다음은 너희 엄마다. 못할 리 없다. 너희는 알지? 그럼 손을 얹어! 어서!"

지함과 함지는 눈물이 멈추지 않았다. 그리고 시선은 아빠가 떨어진 곳에서 뗄 수 없었다. 그들은 지금 서둘러야 한다고 생각했다. 자신들이 빨리 외할머니에게 책을 넘긴다면 살 수도 있다고 생각했다. 그래서 그들은 손을《토정비결》진본에 손을 올리려고 했다. 손이 미친 듯이 떨려서, 서두르려고 했지만 몸이 말을 듣지 않았다.

그런데 그때 처음 듣는 목소리가 들렸다.

"언니가 안 죽는다고 했잖아. 여기서는 떨어져도 안 죽는다고. 걱정 마."

"네가 여길 왜 와!"

외할머니는 고운 한복을 입고 갑자기 나타난 엄마의 분신에게 소리를 질렀다. 하지만 그녀는 외할머니의 목소리에도 아무런 미동도 하지 않은 채 차분하게 다가왔다. 그리고 이 상황을 조금도 이해하지 못하고 있는 지함과 함지, 대호는 그대로 멈춘 채 그녀만을 바라보고 있었다.

"이제 나, 더는 분신이 아니니까."

"뭐라고?"

"언니가 왔었어요. 엄마가 나한테 준 언니 머리카락을 받아가려고. 우습죠? 그 한 줌 머리카락으로 그 긴 세월을 언니의 분신으로 살았다는 게."

"뭐!"

"참 대단해요. 언니 머리카락을 내 머리에 심어놓다니, 난 상상도 못했어요. 그런데 언니가 겨우 생각이 났다고 하더라고요."

"너……."

외할머니는 엄마의 분신을 쳐다봤다.

"동자신이 언니에게 매일매일 놀러가던 때, 엄마가 갑자기 병

원에 가자고 했다고. 그때는 머리에 혹이 있어서 수술을 해야 한다고 했지요? 그날 이후로 동자신은 나에게 왔어요. 언니 머리를 뽑아다가 나에게 심은 거야. 동자신이 나를 언니라고 느끼도록. 왜 이렇게까지 했을까? 누군가의 인생을 분신으로 만들어서까지 엄마는 왜 그렇게 살려고 했을까? 그런데 생각해보니 그때부터 엄마는 엄마의 힘이 아니라, 다른 사람의 힘을 훔쳐 쓰며 살았던 거야."

"그게 뭐! 그게 어때서! 넌 내 거잖아! 내가 만든 거잖아! 그게 뭐가 어때서! 내가 만든 걸 내가 쓰겠다는 게 뭐가 문젠데? 이 모든 게 다 너희들을 위한 건데, 뭐가 문제냐고. 어차피 다 내 핏줄이잖아! 그러니까 내 거야! 어차피 다 내가 만든 거라고!"

그 말을 듣고 있던 엄마의 분신이 웃으며 말했다. 그 웃음의 느낌은 서늘하고 축축했다. 마치 드라이아이스의 연기가 바닥에 깔리듯이 그곳의 바닥에 가라앉는 느낌이었다.

"맞아. 엄마 말이 다 맞아. 근데 어쩌지? 이제 난 언니의 분신도 아니야. 그러니까 엄마 것도 아니고. 맞지? 그러니까 여기서 나는 내 맘대로 해도 되는 거잖아? 그렇지, 엄마?"

"그래. 가! 꺼지라고 이년아! 이제 다 필요 없어! 네까짓 거 내 손주들이 나한테 책만 주면! 이제 다 필요 없다고!"

외할머니의 표정은 점점 더 분노가 가득 쌓인 모습으로 변하고 있었다. 참 신기한 것은 그렇게 소리를 치고, 원하는 것을 갈

망할 때는 한없이 크고 대단하게 느껴졌던 외할머니의 얼굴에 공포가 비치기 시작하자 그렇게 초라해 보일 수가 없었다. 마치 바람이라도 빠진 것처럼 그녀는 너무나 작은 모습으로 웅크리고 있었다.

"그거 알아? 지금 이 일이 왜 이렇게까지 됐는지? 엄마는 원래 다 알고 있었거든. 동자신이 엄마를 떠나면서 마지막 선물이라고 말해준 게 저 애들 얘기니까. 그냥 단순히 신기가 있는 아이들이 태어난다고 말해준 게 아니라, 사주에 대한 이야기부터 저 《토정비결》에 대한 얘기까지 다 해준 모양이야. 그러니까 어땠겠어? 신기가 사라진 순간, 손주들이 지금까지 누구도 흉내 낼 수 없는 엄청난 능력을 손에 넣을 기회가 생긴 건데. 그래서 더 간절했을 거야. 동자신의 힘은 누구보다 잘 알고 있는 엄마니까. 다 믿었겠지."

외할머니는 분신의 그 말에 천천히 지함과 함지에게 갔다. 너무나 작고 초라해져 버린 외할머니는 그들에게 빌기 시작했다.

"그래. 그러니까 이제 다 필요 없어. 이제 네깟 잡귀 따윈 다 필요 없다고. 아가들아, 들었지? 이 할미가 지금 얼마나 불쌍한 사람이 됐는지! 이제 다 알겠지? 그동안 이 할미가 얼마나 비참하게 살아왔는지 말이야. 그러니까, 이제 그만 할미의 소원을 좀 들어주렴. 이 할미가 다시 살 수 있게. 그 책만 할미에게 달라고!"

그때 갑자기 두목이 회장의 곁에 다가가 그녀의 머리채를 잡았다. 두목의 볼은 여전히 빨갛게 부어 있었다. 두목이 외할머니의 머리를 젖히고 간단하게 제압했다. 회장은 당황과 분노가 뒤섞인 눈빛으로 두목을 노려보는 것 외에 아무것도 하지 못했다. 두목에겐 무거운 갓에 지팡이까지 힘겹게 든 노인을 제압하는 건 너무나 쉬운 일이었다.

두목의 뒤로 어느새 검은 옷의 남자들이 조폭들에게 제압되어 쓰러진 게 보였다. 하지만 그 누구도 두목이 갑자기 그런 행동을 하는 걸 이해하지 못했다.

"회장님, 그 신기로 나라를 움직이던 회장님 등에 타고 나도 여기까지 왔습니다. 근데 당신, 이제 신기 없다는 거잖아. 신기도 없는데 이 물건들만 있으면 점쟁이가 돼서 미래를 다 본다는 거 아닙니까? 호오, 나도 이 힘이 욕심나네요?"

두목은 태혁을 바라보며 이렇게 말했다.

"태혁아, 우리는 스마트폰 해킹만 하면 누가 지금 뭐 하는지 다 볼 수 있잖아. 거기다 이것만 있으면 지금 뭐 하는지, 앞으로 뭘 할지도 다 볼 수 있는 거 아니냐? 그러면 이 세상 다 내가 가져볼 수 있잖아!"

두목의 말을 듣고 그 자리에 있던 모두가 경악했다.

23. 고요한 강

"왜? 내 말 맞잖아. 당신 이제 신기가 없는데, 이 갓이랑 지팡이랑 저 책만 있으면 된다고 믿는 거 아니야? 그거 용하네. 나도 한번 들어봅시다."

"너 지금…… 네 입으로 뭐라고 한 건지 알기나 알아?"

"여기 나만큼 정확히 알고 있는 사람도 없는 거 같은데? 난 그냥 회장님 옆에서 출세나 하려고 했지. 근데 회장님은 아예 세상을 다 가지려고 하시네? 곧 있으면 요단강 건너실 분이 얼마나 오래 가겠어? 마침 옆에 강도 있네. 회장님은 강 건너 저 세상 가시고, 이 세상은 한번 내가 가져봅시다."

"세상을 다 가지면! 네까짓 게 그런 힘을 제대로 쓸 수나 있을 거 같아? 네가 할 수 있어? 확실해? 난 아직 모르겠는데?"

두목은 회장을 비웃으며 철갓을 벗겨내고 지팡이를 빼앗았다. 그러고는 자신이 갓과 지팡이를 썼다.

"아직은 뭐 아무것도 없네. 역시 저 책을 가져야 하나?"

두목이 강현을 비롯한 조폭들을 향해 지함에게 가라는 눈빛을 보냈다. 조폭들이 지함과 함지를 둘러싸는 순간, 손이 묶인 태혁이 두목에게 달려들었다.

"이 새끼야!"

강현은 뒤늦게 두목에게 갔지만, 두목은 일어나지 못했다. 태혁이 달려들자 갓을 쓴 채 옆으로 넘어져 그대로 목이 꺾이고 말았던 것이다. 야망을 가득 품은 두목은 그렇게 어처구니없이 쓰러졌다.

회장은 그가 죽든 말든 넘어진 두목의 손에서 지팡이를 빼앗으려 했다. 강현은 두목처럼 그 물건들을 자기가 차지해야 할지, 아니면 원래처럼 회장에게 충성해야 할지 혼란스러웠다. 일단 날뛰는 회장을 붙잡아두려 했다.

그때 대호가 달려들었다. 당황한 강현이 회장을 놓고 대호를 잡으려 하자, 태혁이 발을 걸어 넘어뜨렸다. 대호는 철갓과 지팡이를 빼앗고는 지함과 함지에게 돌아왔다.

외할머니는 이제 모든 게 다 사라졌다고 생각하고 좌절에 빠졌다. 그래서 지금 남은 것은 지함과 함지와의 혈연밖에 없었다.

외할머니는 그대로 무릎을 꿇고 빌기 시작했다. 정말 온 힘을 다해서 지함과 함지에게 고개를 숙이며 두 손을 빌며 말했다.

"아가, 우리 아가. 할미는 이제 아무것도 남지 않았다. 이 할미의 인생이 통째로 다 사라지고 있어. 이 할미 죽는 꼴을 보고 싶니? 이대로 너희 앞에서 혀라도 깨물어 죽어야 속이 시원하겠니? 우리 아가들, 할머니가 정말 많이 사랑해. 사랑하는 할미의 마지막 소원이다. 너희가 태어날 때부터 오늘을 매일 바라고 꿈꿔왔어. 아가, 이 할미 좀 살려주렴. 제발, 이 할미에게 그것들을 좀 달라고."

그곳에 있는 모든 사람에게 회장은 욕망으로 추해진 노파에 불과했지만, 지함과 함지에게는 외할머니였다. 그들은 잠시 아무것도 하지 못한 채 서로를 바라봤다.

그 망설임은 한순간이었다. 갑자기 세 사람의 눈빛이 변했다. 마치 미리 그렇게 하기로 한 것처럼, 대호가 가져온 철갓을 땅에 던지고, 함지는 그 위에 토정비결을 올렸다. 지함이 지팡이를 치켜올렸다.

"너 무슨……. 안 돼!"

외할머니의 절규를 뒤로한 채 지함은 지팡이를 힘껏 내리찍어 그 가운데를 뚫었다. 철갓은 뭉개지고 책은 뚫리고 지팡이는 부러졌다. 대호는 그것들을 아무런 미련 없이 강으로 던져

버렸다.

그 모습을 바라보던 태혁과 강철은 자신도 모르게 소리를 질렀다. 외할머니는 그저 멍하게 앉아 있었다.

지함은 함지에게 물었다.

"다 끝났어?"

"몰라. 그런 것 같지?"

"아직도 모르겠어. 뭐가 맞는 건지."

"그것도 괜찮아. 하지만 적어도 하나는 정했어."

함지는 지함과 대호의 얼굴을 다시 한번 봤다. 그리고 다시 외할머니를 바라봤다.

"할머니."

"……."

"미안해."

"……."

"할머니!"

외할머니는 새끼를 잃은 어미동물의 울음소리를 내며 강으로 걸어갔다. 그리고 토정비결이 떨어진 자리의 난간을 잡고 강을 바라봤다. 외할머니의 울음소리가 너무 날카롭고, 어두워서 아무도 그녀의 곁에 다가갈 수 없었다.

한참을 울던 외할머니는 뒤돌아서서 자신을 바라보고 있는 모든 이들을 노려보며 저주했다.

"이대로 끝났다고 생각하지 마라."

"엄마."

"모든 게 끝이라고 생각하지 마라."

"할머니."

"악연이라는 게 얼마나 질긴지 나는 안다."

"엄마……."

"내 원한이 저 강보다 깊다는 걸 알게 해주마."

"……."

"내 삶은 한평생 다른 이들의 삶으로 채워왔다. 남은 것이 없어서……. 내 몸이, 맘이, 내 혼이 다 비어서.

내 핏줄인 너희를 씹어 삼켜 채울 게다. 하나하나 내 몸에 다시 채워 모두 함께 데려가마.

기다려라. 나는 다시 온다. 아가, 이 할미가 꼭 다시 찾아오마. 다 같이 오손도손 모여 살며 기다려라. 피를, 뼈를, 온 살을 씹어 삼키러 이 할미가 다시 오마."

외할머니는 그 말을 마지막으로 강에 몸을 던졌다. 대호가 다가가 막아보려 했지만 외할머니는 그대로 떨어져 버렸다. 너무 놀라 그 난간을 뛰어온 사람들은 모두 외할머니의 마지막 표정을 봤다. 눈에는 피눈물이 흐르고 있었지만, 입은 웃고 있었다. 외할머니의 마지막에 아무도 울지 못했고, 아무도 말하지 못했다.

그렇게 고요가 찾아왔다. 모두 해가 뜨기 시작하는 하늘을 등지고 그대로 서 있었다.

에필로그 하나

엄마는 무당이 된 자신의 분신 앞에 마주 앉아 있었다. 한 달이 지나서야 겨우 그녀를 다시 찾아올 용기가 생긴 것이다. 그녀는 떠난 엄마의 자리에서 엄마의 역할을 하고 있었다. 다른 것이 있다면 권력자나 부자가 아니라 어느 동네에서나 볼 수 있는 평범한 무당이라는 점이다.

"왔어?"

"내가 늦었네, 미안."

"아니야. 때가 지금인 거야."

"그렇게 말하지 좀 마. 지겨워."

"직업병이지."

"이렇게 될 줄 알았어?"

"몰랐지."

"그럼?"

"언니가 알았을 거라던데?"

"내가?"

"형부 처음 만났을 때 거기 죽으러 간 거라며?"

"그렇지."

"둘 다 죽으려고 다리를 찾아갔는데, 죽은 사람도 살리는 풍수자리로 기어들어간 거래. 거기서 두 사람이 만나니까 새로운 생명이 둘이나 생긴 건지도 모른다고."

"말이 되나?"

"뭐, 말이 되는 게 있었나?"

둘은 각자의 앞에 놓인 차를 한 모금씩 마셨다. 그리고 또 한동안 아무 말도 하지 않았다. 그리고 그 침묵을 깬 건 이번에는 여자였다.

"엄마는?"

"여전하시지."

"아직도 제정신은 안 드신 거지?"

"난 차라리 이것도 좋다는 생각이 들어. 우리 엄마 아니라고 내가 너무한 건가?"

"아냐, 네 말이 맞아. 차라리……."

"그동안 얼마나 건강관리를 잘하셨는지, 정신만 20대가 아니라, 몸도 20대처럼 건강하시대."

"그냥 남은 여생 좀 외로워도, 그대로 아빠나 기다리며 살았으면 좋겠네."

"그러니까."

여자와 여자의 분신은 웃는지 우는지 모르는 듯한 표정으로 차를 마셨다. 그리고 그 차를 마시고 여자는 말없이 자리를 떠났다. 그 뒤로도 둘은 아주 가끔 서로의 자리에 찾아가 차를 마셨다. 그냥 여느 자매들처럼.

에필로그 둘

여자는 태어나고 자란 이 마을에서 떠날 수만 있다면, 뭘 하든 상관없다고 생각했다. 그래서 이곳을 떠날 기회만 생기면 언제든 떠날 수 있도록 항상 짐 보따리를 쌓아놓고 살았다. 그리고 드디어 기회는 왔다. 삼대독자의 원인 모를 병을 낫게 해보겠다고 그 마을 부잣집에서 벌인 굿판을 구경 갔다가, 신명 난 가락을 연주하던 소리꾼에게 맘을 뺏긴 것은 그녀가 이 마을 떠날 때가 되었다는 신호처럼 느껴졌다. 무당 패거리가 마을을 떠나던 날, 남장을 하고 맨 뒤에 따라붙은 여자는 한나절을 더 걷고 나서야 박수무당에게 들키고 말았다. 반반한 외모에 욕심이 가득한 눈빛이 맘에 든 무당은 자신의 뒷바라지나 하며 따라다니라고 여자를 허락했다.

그렇게 굿판을 쫓아다니던 여자는 온갖 음식이 가득하고 신명 난 가락이 넘치는 굿판이 좋았고, 구성진 목소리로 마음을 훔치는 소리꾼이 좋았다. 그녀의 맘을 눈치챈 박수무당은 그녀의 욕심을 이용하기로 마음을 먹었다.

"내가 온 세상에 명성을 떨치고 있는 것은, 모시는 신이 하나가 아니라서 그런 거야."

"무당 하나에 귀신 하나 아닌가요?"

그녀의 허무맹랑함이 더 맘에 든 박수무당은 있지도 않은 동자신을 꾸며내며 여자의 마음을 흔들기 시작했다.

"뭐, 보통은 그렇지만 나는 담는 그릇이 워낙 커서 장군님도 모시고, 신령님도 모시고, 동자신도 모시지."

"동자신이요?"

"역시 감이 달라. 내가 모시는 신 중에서 제일 센 신인데, 성격이 원체 지랄 맞긴 해도 신명함은 어린 만큼 하늘을 찌르지."

"진짜요?"

"지난주에 그 부잣집 남편 바람기 잡은 것도 다 동자신 능력이라니까."

"우와, 멋지다."

"내가 줄까?"

"예?"

"내가 말만 잘하면, 너한테 보내줄 수도 있지."

"그래도 돼요? 그렇게 영험한데?"

"괜찮아. 나야 그릇이 넓으니 워낙 신들이 탐을 많이 내서."

"그럼 줘요. 그 동자신 나 줘요."

갑자기 남자의 표정이 음흉해졌다. 여자는 그 표정의 의미가 무엇인지 알았다. 하지만 아무것도 모르는 척, 그저 들어보기로 했다.

"나도 네 그릇을 알아야 동자신을 보내주지."

"제 그릇이요?"

"그래, 신을 담을 그릇. 네 몸뚱이랑 마음의 크기 말이야."

"그걸 보시면 알 수 있어요?"

"아니, 합방을 해야 알지."

"합방이요?"

"그래, 내가 딱 살을 맞대보면 그 사람의 그릇이 다 느껴지거든."

여자는 무당이 원하는 게 어려운 일은 아니라고 생각했다. 어차피 나고 자란 마을을 떠나는 순간, 집안의 화초 같은 삶을 기대한 것도 아니니 말이다. 다만 그녀의 머릿속을 떠나지 않은 것은 구성진 소리꾼의 노래였다.

"말 나온 김에 오늘 합방을 하면, 내가 내일 동트는 때에 동자신을 넘겨주지."

"그 합방이 월경 중에도 괜찮을까요?"

무당은 여자의 말에 갑자기 표정이 굳어졌다. 뭔가 자신의 계획대로 상황이 흘러가지 않는 것이 매우 불쾌한 모양이었다. 여자는 무당의 표정을 보고 어떻게든 달래야 한다고 생각했다.

"하지만 오늘이 마지막 날이니 합방은 정결한 내일 하지요. 내일은 제가 목간도 다녀올게요."

"그러든가."

무당은 못내 아쉬워했지만, 내일이라는 말에 하루만 더 참아보기로 했다.

여자는 그날 밤, 결국 소리꾼의 콤콤한 여인숙 방으로 들어가고야 만다. 어차피 귀신에게 몸을 팔아 살기로 한 팔자, 무당에게 몸을 허락하는 것이 못 견딜 만한 일은 아니었지만, 그래도 여인으로 태어나 첫 경험만은 마음을 준 이에게 남기고 싶었다.

이미 여자의 마음을 눈치채고 있던 소리꾼은 자신의 마음도 같아, 말없이 이불로 들어오는 그녀의 살결을 밀어내지 않았다. 하지만 그 밤을 보내며 그도 알게 되었다. 오늘 밤의 의미가 무엇인지. 그는 동이 트기 전에 잠이 든 그녀가 깨지 않게 조용히 짐을 챙겼다. 그리고 그녀의 머리맡에 쪽지 하나를 남기고 어디론가 떠나버렸다.

그대 고운 꽃병이 되어주오.

맑은 물에 들꽃 담아 창가에 두고 보게

가끔은 비가 오고, 가끔은 별 아파도
그대 고운 꽃병이 되어주오.
나는 그대 노래가 되어주리.
그대 울음, 그대 설움, 모두 감춰 사라지게
가끔은 묻혀지고 가끔은 잊혀져도
나는 그대 노래되어 그대 슬픔 달래겠소.

벚꽃 피면 만납시다.
벚꽃 피면 만납시다.
나는 그대 향기 찾아
그댄 나의 소리 찾아
벚꽃 피면 만납시다.
벚꽃 피면 만납시다.

여자는 아침에 눈을 뜨고 울지도 못했다. 떠난 마음은 아팠지만, 자신의 삶을 보이지 않을 수 있어 다행이라 생각해서. 인사도 없이 떠난 그 마음은 미웠지만, 다시 만나자는 약속은 또 설레어서.

여자는 그날 밤 박수무당과 합방을 했다. 그리고 다음 날은 굿을 한 집의 주인과 합방을 했다. 그다음 날은 그 동네 이장과 합방을 했고, 그다음 날은……. 그리고 그다음 달에는 무당패가 떠난 여관방에 혼자 남겨졌다. 그것은 아마 합방을 하던 북치는 고수에게 동자신이 없다는 얘기를 듣고 악다구니를 썼기 때문일 것이다. 여자는 그렇게 혼자 남겨진 여관방에서 소리꾼이 떠나던 날 흘리지 못했던 눈물까지 모조리 쏟아버렸다. 그리고 그날 여자의 한이, 여자의 눈물이, 주인 없이 떠돌던 동자신에게 닿았다. 그렇게 정말 동자신을 받았다. 동자신은 차가운 여관방에서 여자 울고 있던 여자의 귀에 한 마디를 하고는 소리꾼이 부르던 노래를 흉내 내며 부르다가 말했다.

"뱃속에 선물이 찾아왔네? 과연 누구 씨일꼬?"

깊은 강 속에 빠진 외할머니는 물속으로 깊게 들어갈수록 자신의 나이가 거꾸로 흐르는 듯한 느낌을 받았다. 그리고 그렇게 한참을 들어간 강바닥에는 구성진 가락과 함께 소리꾼이 있었다.

여자는 창살이 쳐있는 창문을 보며, 벚꽃을 기다린다. 구성진 가락의 소리꾼이 곧 올 것만 같아서.

"벚꽃 피면 만납시다."

"벚꽃 피면 만납시다."

"나는 그대 향기 찾아."

"그댄 나의 소리 찾아."

"벚꽃 피면 만납시다."

"벚꽃 피면 만납시다."

에필로그 셋

마지막 순간, 사실 지함과 함지는 선택을 했다. 지함이 《토정비결》을, 대호가 철갓을, 함지가 지팡이를 든 그 순간 갑자기 모든 것이 멈추고 그들만의 시간이 흘렀다.

지함과 함지는 선택했다. 빛나고 있던 《토정비결》 진본에 서로의 손을 얹고 그 모든 힘을 받아들이기로.

그들이 마음을 먹고 책 위에 손을 올리자, 그 공간이 온통 빛으로 채워지더니 책 안에 있는 모든 괘들이 춤을 추기 시작했다. 몰아치는 태풍이 세상의 모든 사물이 이끌어가듯 공간을 떠돌던 괘들이 다시 책으로 들어가기 시작하자, 지함과 함지의 머리에도 모든 괘가 새겨지기 시작했다. 그리고 머릿속에는 그 책에 보이지 않던 새로운 괘들도 생겨났다. 그렇게 모든 것이 끝나자 그 공간은 다시 고요해지고 목소리가 들리기 시작했다.

"사람이 혼과 육신으로 이뤄지듯, 내가 그대들에게 주는 것도 기운과 형태로 이뤄져 있다. 지금 이것으로 모든 기운이 그대들에게 담겼고, 지금 이 책과 철갓과 지팡이는 그저 껍데기가 되었다. 길복과 흉화로 나누었던 그대들의 삶은 이제 하나로 합할 것이다."

함지의 눈빛이 흔들렸다. 이건 함지가 바란 게 아니었다. 함지는 이 능력을 없애고 평범하게 살고 싶었다. 전보다 더 강한 능력 때문에 고통받고 싶지 않았다.

그건 지함 또한 마찬가지였다. 좋은 미래를 안다고 해서 좋은 일만 생기는 건 아니라는 걸 알고 있었다. 미래를 지우고 현재를 만들면서 살고 싶었다.

그들의 생각을 모두 알고 있는 대호가 입을 열었다.

"이 두 사람에게 다 부담스러운 힘이에요. 차라리 지금처럼 둘로 나누는 대신에, 한 사람은 과거를 읽고 한 사람은 미래를 보는 건 어떨까요?"

목소리가 대답했다.

"모든 것은 너희의 선택에 달려 있다."

대호는 함지를 보고 말했다.

"함지 씨, 과거를 선택해요. 그럼 차라리 좀 더 나을 수도 있어요. 비록 나쁜 일이라도, 이미 지나간 일이잖아요. 아무리 남들의 아픔을 느끼는 것이라고 해도 이제는 위로를 할 수 있잖아요. 응원을 할 수도 있고요. 지금이랑은 다를 거예요. 그러니까 과거를 선택하고 응원하며 살아요. 혹시라도 힘들면 저희가 도와줄게요."

함지는 대호의 마음을 느낄 수 있었다. 그래서 고마웠다. 그 마음으로 함지는 치유받았다. 그리고 자신도 누군가를 위해 그 과거를 위로해주는 사람이 되고 싶다는 생각을 했다.

대호는 이어서 지함에게 말했다.

"네가 미래를 선택해. 이제 나쁜 것만 보이는 게 아니니까, 미래를 선택하고 좋은 사람들 사이에서 살아. 좋은 미래를 만들려면 결국 현재를 바꿔야 하잖아. 가만히 앉아서 오는 행운 말고, 만들어서 얻어내는 미래를 보여줘."

지함과 함지는 대호의 마음을 알았다. 그리고 대호의 말에 지함도 동의했다. 그러자 목소리가 마지막 말을 전했다.

"이제 너희는 과거와 미래의 눈으로 나뉠 것이다. 한 이는 오로지 사람들의 과거만 볼 것이며, 다른 이는 사람들의 미래만 볼 것이다. 그대들의 선택은 이미 그대들에게 전해졌다.

그리고 마지막으로, 그대들의 벗에게 전할 것이 있다."

대호는 그 운명이 자신과는 상관없는 거라 생각했는데, 목소리가 갑자기 자신에게 말하겠다고 하자 놀랐다.

"통제되지 않은 힘이 어떤 불행을 만드는지 나는 알고 있다. 그래서 그들의 능력은 누군가의 통제 안에 있는 것이 더 안전할 것이다. 그래서 네게 그 통제를 부탁한다."

"예? 뭐라고요?"

"앞으로 그대들의 모든 능력은 벗의 주위에서만 발현된다. 그리고 벗의 공간은 오로지 벗의 의지로만 만들 수 있다. 단, 저 책도 철갓과 지팡이도 모두 내가 만든 형체다. 그대들도 그대들의 능력을 담아둘 새로운 형체를 만들어라. 벗도 역시 그대의 공간을 만들 수 있는 형체를 만들어라.

이제 그대들에게는 마지막 선택만 남았다. 세상의 이치를 보고 세상을 도울 것인지, 세상의 이치를 닫아 세상을 도울 것인지. 그 선택은 그대들이 남은 시간 수없이 고민해야 할, 오직 그대들의 운명이니라."

잠시 후 시간은 다시 흘러갔다. 대호는 철갓을 땅으로 던지고, 함지는 그 위에 책을 얹고, 지함은 지팡이를 들어올리고, 힘차게 내리찍었다.

에필로그 넷

지함은 혼자 인사동 식당으로 향했다. 아직 늦은 시간이 아니어서 손님들이 많았지만, 지함이 앉을 자리는 있었다. 지함이 들어오자 할머니는 정말 너무 반갑게 뛰어나와 그의 손을 잡았다. 그 손을 계속 쓰다듬으며, 안도의 한숨을 쉬었다.

"누구한테 잡혀간 줄 알았다. 말도 않고, 열쇠도 그대로 두고. 나는 뭔 일이 난 줄 알고 얼마나 걱정을 했는데."

"죄송해요. 일이 좀 있었는데, 지금은 잘 해결이 됐어요."

"그 친구는?"

"잘 있어요. 원래는 같이 오려고 했는데, 제가 이쪽에 따로 볼 일이 있어서 먼저 왔어요. 다음에는 꼭 같이 밥 먹으러 올게요."

"고맙다, 고마워. 이렇게 다시 와줘서 진짜 고맙다. 나는 너희도 우리 아들처럼 사라졌을까봐 며칠을 한숨도 못 잤다."

"할머니."

"왜? 배고프니?"

"아니요. 전 꼭 보고 싶었거든요."

"뭘?"

그때 50대 중반의 남성이 식당으로 들어섰다. 그가 들어서는 순간 할머니는 놀란 채 아무 말도 하지 못했다. 하고 싶은 말이 너무나 많은데 아무 말도 하지 못한 채 다가가 아들을 끌어안았다. 아들 역시 아무 말도 하지 않고 어머니를 품에 안고 펑펑 울었다. 그들은 지금 이 세상에 둘만 있었다. 주방에서 졸아드는 찌개도, 다 먹고 계산을 하기 위해 카운터에 서있는 손님도, 아무도 그들의 세상을 침범할 수는 없었다.

지함은 조용히 주방에 가서 불을 끄고, 카운터에서 돈을 받고 손님을 보냈다. 그동안 둘은 아무런 말도 하지 못하고 부둥켜안고 울고만 있었다. 그들의 시간이, 그들의 눈물이, 그동안 서로에 대한 그리움을 그대로 보여주고 있었다.

지함은 알고 있었다. 그가 오늘 올 것이라는 사실을. 그리고 함지를 통해 그가 왜 그동안에 올 수 없었는지도 알고 있었다. 그래서 지함은 오늘 그들을 찾아왔다.

알고 있는데도 보고 싶었다. 그들이 서로 궁금해할 그날의 사건도 말해줄 수 있었다. 하지만 아무 말 하지 않고 그들을 바라보기만 했다. 서로 이야기 나누는 그 시간도 저 어머니와 아들의 행복이 될 것이기 때문이다. 지금 현재 행복한 그들에게 과거를 알거나 미래를 보거나 하는 것 따위는 그저 아무 의미도 없었다.

이란성의 미래

#라이프_스포일러

초판 1쇄 발행 | 2023년 12월 24일

지은이 | 박희종
펴낸곳 | 메이드인
등 록 | 2018년 3월 5일 제25100-2018-000014호
주 소 | 서울특별시 은평구 연서로10길 15-6
전 화 | 070-7633-3727
팩 스 | 050-4242-3727
이메일 | madein97911@naver.com
ISBN | 979-11-90545-42-6 03810

* 책값은 뒤표지에 있습니다.
* 잘못 만들어진 책은 구입하신 서점에서 교환해 드립니다.